巴比伦 I

BABYLON

—女人—

〔日〕野崎惑 著

王星星 译

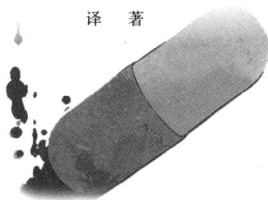

台海出版社

◇

千

本

櫻

文

庫

◇

文库，原本是指收纳书物的仓库和书库，也指收纳书与记事簿，以及不常用物品的小箱子。以前者为例，京浜急行线的"金泽文库站"就是以前镰仓时代北条氏用来收藏汉书用的，"金泽文库"名字的由来便是如此。东京都的世田谷区也存在着收集着珍贵汉书的"静嘉堂文库"。后者则更多地被称为"手文库"。

江户时代以来，可以放入袖袂的小开本书籍逐渐流行起来，被称为"袖珍本"。明治三十六年（1903年），富山房发行了小开本的丛书，起名"袖珍名著文库"。随后，明治四十四年（1911年），讲述战国时代的猿飞佐助和雾隐才藏系列故事的讲谈社"立川文库"发行出版。讲谈是日本民间艺术，以口语化的方式讲述历史故事的形式。而"立川文库"则是将讲谈收录成册集中出版的丛书，据统计，当时刊行量为200册左右。从那时起，文库就脱离了原本的释意，逐渐演变成了现在的类书集丛。

文库说法借鉴了日本出版业界的传统说法。而千本樱源自日本奈良县吉野山樱花盛开的奇景，世人皆称"一目千本樱"来形容樱花美景。千本樱文库的纳入作品皆为日系作品，题材包括推理、悬疑、幻想、青春、文化等类型，正如千本樱满山盛开的绝景。

现代日本，以"文库"命名刊行的丛书系列有200种以上，所谓"文库本"只不过是统称而已。日本传统的"文库本"常用的是 A6 尺寸的 148mm×105mm，也叫"A6 判"。千本樱文库的所有书籍将在"文库本"的基础上提升，达到 148mm×210mm 的开本标准。追求还原的前提下，力图带给读者更清晰的阅读体验。

明治维新以来，日本文坛迎来了爆发期，涌现出了众多文豪级的作家。受到许许多多名作的影响，日本的出版社也从中受益，得到了突破性的发展。各家出版社为了传承文化、加强创新，纷纷设立了"文学新人奖"，用以发掘年轻作家。其中，老社角川书店在 21 世纪 90 年代初期设立了"电击小说大赏"，作为当今极具影响力的轻小说新人奖，每年都会吸引到数千件投稿。2009 年，"电击小说大奖"为了扩大受众群，专为成年人设立了"MediaWorks 文库奖"。

最初的"MediaWorks 文库奖"的作品是野崎惑创作的《映》，该系列也推出了多部作品。作者出道之时刚好是而立之年，他虽然是轻小说新人奖出身，写作风格却充满狂气。作品中的人物和剧情时常超出常理，完全超乎读者想象，素有"剧毒"之称。《映》系列完结以后，野崎惑转投日本最大的科幻作品出版社之一的"早川文库 JA"，推出其代表作《电子脑叶》，该作一举入围"第 34 届日本 SF 大奖"。野崎惑又写作了轻小说《你好，世界》，已被改编为动画电影。同期，另一部被动画化的科幻小说《巴比伦》受到更多瞩目，该作舞台设定在架空的近未来世界，是典型反乌托邦科幻。传统科幻作品中常见的道德、生命、自由的主题探讨，都在本作中有所表现。畅快的阅读快感之后，是直击灵魂的余味。

千本樱文库编辑部

巴

比

伦

I

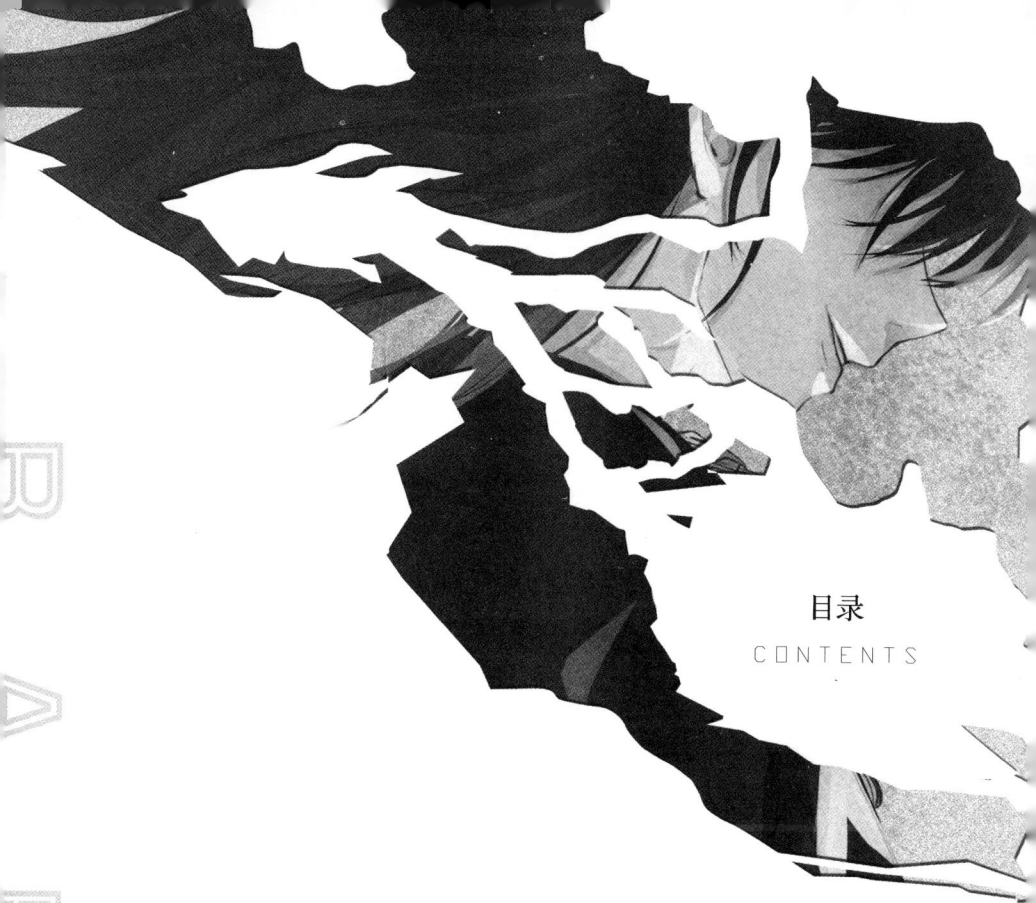

目录
CONTENTS

BABYLON I

从 JR 线御茶水站西侧的御茶水桥口出来，步行一百多米，就能抵达"日本斯比利制药公司"东京营业所的大楼。

这一带位于东京医科齿科大学附近，建有东京医师协会会馆，医疗行业人员扎堆云集，医药公司便在附近开设了服务点。医师会馆旁边那栋十四层的大楼，更是每层都被制药公司承包下来。日本斯比利就是其中一员，它在大楼的十一层开设了东京营业所。

大楼走廊呈统一的白色与淡灰色，一尘不染。

这片空间开阔敞亮，上午的柔和阳光透过整面玻璃墙照射进来。前台小姐从看起来惬意舒适的长廊上磕磕绊绊地走了过去。

她把 IC 卡贴在办公室入口处的安全感应器上，"嘀"的一声，安全验证通过，大门打开。略低的隔断与办公桌构成的崭新办公室里，职场打扮的员工们正在处理手头的工作，间或谈笑几句。前台小姐局促地说了句"您这边请"。

穿着深色西装的男人径直走了进来。

员工们的视线全都汇集到办公室入口处。只见男人身后，又不断有人鱼贯而入，两个，四个，八个，十六个，像雪崩一样走了进来，所有人都穿着统一的深色西装。一头雾水的员工们茫然地注视着入口处，到最后，白色的办公室一角已被三十多个西装打扮的男人染成了暗色。

"都别动。"领头的男人平静地说，"别碰任何东西。"

不容置疑的声音传遍了办公室的每一个角落。似乎孕育着强大的震慑力，说出口的话饱含威严。

检察官正崎善对着在场的所有人展示出了一张纸，然后说道：

"东京地方检察厅特别搜查部。"

2

"阿格拉斯"事件已交由东京地方检察厅特别搜查部处理，进入了强制搜查阶段。

事件发生在七年前，起因是日本斯比利开发的糖尿病特效药"阿格拉斯"的对外临床试验。承担临床试验任务的高恩医科大学，在医学杂志上刊载了试验结果，试验结果遭到临床流行病学专家的质疑。后来，又有三所大学做了同样试验，发表了对于"阿格拉斯"的临床试验论文，而每篇论文的统计结果又各不相同，医学界的质疑声愈演愈烈。

最初的结果发布四年后，高恩医科大学以"数据存在重大错误"为由撤回了论文。学界众人都以为数据错误是研究方法的不当所致，骚动会逐渐平息下去。

然而两个月过后，一篇报道横空出世，再次引发了争议。

那篇报道说，高恩医科大学的论文里，统计分析人的名字写的是"Arai Masataka"，而其他三所大学发表的论文里同样出现了这个名字。报道称，这个人就是生产出售"阿格拉斯"的日本斯比利公司员工。如此一来，斯比利就有勾结大学研究机构，人为操纵试验结果，以优化自家产品数据的嫌疑。

事情曝光后，厚生劳动省紧急成立了"关于糖尿病特效药临床研究问题的研讨委员会"。在召集相关人员举行了长达数月的听证会后，厚生劳动省最终以涉嫌违反药事法为由，将日本斯比利告到了东京地方检察厅。

东京地方检察厅特别搜查部就在今天执行了强制搜查。

3

东京地铁霞关站是丸之内线、千代田线、日比谷线三线交错的换乘站。两条平行线路的站台尽头，是第三条垂直而过的线路站台，形成一个大大的"コ"形。每边两百米长的地下廊道与延伸到地上的二十四个出口，几乎覆盖了附近所有的政府机关的所在地。

穿着深色西装的男人从设在霞门岔路口的B1a出口走了上来。男人表情严肃，似乎很不开心的样子，但他的心情其实没有那么糟糕，只是生来就是这副表情。

正崎善快步走在通勤的路上，顺便浏览着折叠起来的报纸。

报纸用大幅版面报道了前天的强制搜查。正崎用不着看也知道报道的内容不会超出自己这个检察官已经掌握的范围。他想知道的是报道会被刊载在哪里，篇幅又有多少，以及对于强制搜查的态度。出于以往经验，正崎深知社会关注度会很大程度地影响到之后的调查。

从出口步行一百五十米后，他就读完了报道，随后走进了东京地方检察厅入驻的中央联合办公楼六号馆。

4

正崎出了电梯，走到挂着"检察官正崎善"名牌的办公室前。他打开门，看到检察事务官文绪正抱着个瓦楞纸箱。

文绪厚彦是正崎的助理事务官。

检察官这个岗位必须配备至少一名随行的检察事务官。作为副手，检察事务官会帮忙处理检察官的事务性工作，辅助调查活动。文绪大学毕业后就当了事务官，在两年前与正崎组成搭档，他如今二十四岁，相当年轻。

文绪的身子颤抖几下，吃力地放好纸箱。堆了四层的纸箱上又加了一层，变成五层。办公室里立起了六座这样的五层纸箱塔，共有三十个箱子，架起了一道纸箱墙。放好最后一个纸箱，文绪如释重负一般，他转向正崎所在的方向。

"这些够用了吗，正崎先生？"

正崎点头"嗯"了一声。

"够看两天的了。"

文绪沮丧地垂下头。

"正崎先生，您看得太快了……"

"笨蛋，是你太慢了。不快点可看不完，你知道我们总共扣押了多少箱吗？"

"别说了，我不想知道，这样只会让我更痛苦。"

"七百箱。"

"啊！都叫你别说了！"

文绪两手掩面，连连摇头。

在对日本斯比利进行强制搜查后，特别搜查部扣留了大量的"物证"。

进行强制搜查时，特别搜查部的职员会扣留疑似证据的物品。所谓"疑似证据的物品"，是指便笺、文件、存档、PC以及其他记载了文字或数字的全部物品，也就是记录了信息的所有物品。要是在强制搜查现场一个个筛选，大家花上几天也筛选不完，于是干脆就把看到的东西一股脑地装箱带回来。由于这种惯用方法，特别搜查部扣留的物证往往十分庞杂。本次事件里，大家在两个地方搜到的物证总量更是达到了惊人的七百箱。然而，大多数物品都与事件毫无关系，派不上什么用场，无法构成犯罪证据。

从庞杂的物品中，找出真正有用的证据的过程，就叫作"读物"。

强制搜查结束后，接下来就要读取出动全体人员收集的所有资料。有时，东京检察厅会向地方检察厅申请援助，采用人海战术，仔细阅览所有资料。如此一来，每每奋战到深夜的"读物"工作，还会持续好几周，有时甚至会持续好几个月。不夸张地说，读物才是特搜部人员的主要工作。

"好没意思啊……"

事务官文绪打开第一个箱子，嘴里嘟囔道。箱子里装着满满当当的蓝壳文件夹，看起来像是账簿。

"接下来要盯着数字看好几天了……特搜部竟然还要干税务的活，没进来之前真是怎么也想不到。"

"你要是不想看数字的话，我这边的药理学论文可以给你。"正崎从自己的箱子里拿出一个文件夹，"不过是用英语写的。"

"正崎先生，我呢，其实从小就很喜欢数字。"

"很好。"

"话说回来，我们真的有必要通读那些英语论文吗……"

"也不必细致到读懂他们的研究内容。"

正崎按日期顺序重新整理着胡乱塞在纸箱里的论文，开口说道。

"学术论文格式明了，能给我们提供大量信息。光是作者名字的排列顺序就能知道论文的作用和倾向。对我们而言，最值得庆幸的是写论文的学者们没有舞弊的意识。这次的事件也是，线索不就出在论文上明晃晃地写了日本斯比利员工的名字吗？"

"也就是说，论文是可信度很高的文件？"

"正是如此。探查相关人员的姓名，就能找到他们之间的角力关系，要特别注意参与了非正当研究的高恩医科大学、筑波医科大学、西里大学、中部医大的论文。文绪，你弄清楚日本斯比利的罪状了吗？"

"啊？违，违反《药事法》。"

"说具体点。"

"唔……药事法严禁虚假夸大宣传，日本斯比利为了拿到假的研究结果，伪造虚高药效，就请大学研究机构舞弊作假，对吧？"

"那你该知道我们要找的是什么了吧？"

"日本斯比利行贿四所大学的证据。"

正崎点了点头。文绪经验尚浅，还需点拨，但他脑子并不笨，正崎在工作中也经常得到文绪的帮助，但要把自己的想法告诉文绪，他肯定会得意忘形，因此正崎决定无论如何都不能说出来。

"不一定是用金钱贿赂的，你要发挥自己的想象力。"

对信赖的部下给出最为笼统的指令后，正崎继续忙起自己的事情。文绪打开账簿，手指一边从一列列数字上划过，一边还在心里斟酌。他似乎正在思索什么，然而从他的表情就能看出，他的大脑正在不断地闪现着"想象力"，却什么也没有思考。正崎扔出一句"要加起来算下"，丢过去一个计算器。

5

办公楼的地下食堂冷冷清清。正崎与文绪坐在能够容纳一百二十人以上的食堂角落，点上一份套餐。文绪嘴里塞满了油炸食物，他向墙上的时钟看去，时间是晚上七点。

"这么短时间就审阅完了一箱资料，我是不是很厉害啊，正崎先生。"

已经解决近十箱资料的正崎没理会他，自顾自地喝着味噌汤。

正崎准备吃完饭后继续工作，然后赶在最后一班电车之前回家。已经打开的箱子里，目前还没发现什么有用的线索。当然，他也没指望第一天就能找到什么，读物本来就需要耗费大量时间。

"啊，快看。"

文绪抬头嘀咕道。正崎转过头去，挂在食堂墙上的电视里正在播放新闻，播放的是强制搜查的画面，穿着西装的男人们正一个接一个地往外搬纸箱子，然而还不到二十秒，画面就切到了下一个新闻。文绪"嗯"了一声。

"这件事好像没怎么受重视啊。"

"或许吧。"

正崎随意附和了一句，再次埋头吃起饭来。

正崎和文绪都没什么太大的反应，但看到报道后，两人心里都有一个同样的想法。这次的事件已经发展到强制搜查的地步了，但社会关注度却不是很高。正崎大概也知道其中的原因。

这次是制药公司与大学双方自导自演的利益冲突事件。被认定为研究造假的药品"阿格拉斯"，通过夸大宣传增长的销售额预计近三百亿日元。正崎认为制药公司与大学为了获取巨额利益违法操作是毫无疑问的。研究造假从根本上动摇了医药品的可信度，会造成巨大的社会影响。

与此同时，药物"阿格拉斯"还没有爆出致命性的缺陷。

虚假数据夸大了"阿格拉斯"的药效，它的实际数值虽然低于对外公布的数值，但在一定程度上倒是也有效果。此外，它的副作用还很少，没有损害患者的健康。归根结底，这是一起"研究造假与虚假夸大宣传引发的欺诈事件"，厚生劳动省提交的起诉内容也没有超出这个范畴。

而且，这次事件属于制药公司与大学研究所的专业领域，其性质只是治疗糖尿病的药物产品存在问题。可以确定的是，大多数普通市民都会认为与自己无关，媒体自然也不会当作重大的新闻事件。电视新闻已经热议起即将来临的一场竞选，届时将有艺人参与其中。

正崎默默地用餐，冷静地思考起新闻报道的态势。当某个事情受到媒体的大肆报道时，相关人员的焦躁情绪就会被煽动起来，这样一来就必须尽快展开侦查行动。与之相对，当新闻报道像这次一样温和平静时，特别搜查部行动起来反倒会更加得心应手。能够集中精力盘查物证实在太好了，正崎心想。

然而，坐在对面的文绪显然越来越提不起劲了。

他心不在焉地吃着饭，眼睛还盯着电视，关于强制搜查的新闻早已播报完毕。对年轻的文绪而言，外界的评价似乎分外重要，会直接影响到自己的工作热情。电视里，有关选举的话题还在继续，屏幕上是一位宣布参加竞选的著名议员的特写。

"看来只有涉及大人物的事件才有价值呢。"

"你啊……"

正崎刚要好好教育一下文绪，有人把装着套餐的餐盘放在了文绪身旁。

"是吗，文绪，你要把哪个大人物揪出来呢？"

正在喝味噌汤的文绪呛了一下，剧烈咳嗽起来。

坐到文绪身旁的是特别搜查部部长守永。

东京地方检察厅特别搜查部部长守永泰孝，是包括正崎、文绪等一百四十名特搜部员工的老大，在特搜部任职十年。他在担任主任检察官、副部长的时候，曾经指挥过多起重大事件的侦查工作，是一位名声在外的检察官。然而过了五十五岁以后，或许是因为满头白发的形象与混着方言的慢腔慢调，很少有人在初次见面的时候，将眼前这个人与犯罪侦查专家联系起来。守永看上去就像是慈祥的老大爷，很符合居委会主任的形象，而在正崎心里，作为特搜部的检察官，自己还远不及他的一星半点。

文绪边咳嗽边跑到食堂的柜台，慌慌张张地端来自取的茶水。守永问了句"你还好吧？"接过了塑料茶杯。

"你想把谁揪出来，他吗？"守永看向电视，"自明党干事长，这头衔确实不错。"

"是我失言了！"文绪笔直站立着，弯腰九十度鞠了个躬。守永部长显然是在故意捉弄文绪，文绪也实在很会配合，正崎暗想。

"身为检察队伍里的精英，特搜部的人可不该说这样的话。"守永放下茶杯说道，"事无贵贱之分，我们特搜部的存在目的就是处理警方、检方无法解决的大规模事件，也正是因为这个原因，我们才被赋予了极大权限。换句话说，我们所做的一切都是大事。既然如此，就没有什么贪污渎职为重，诈骗欺瞒为轻的说法，文绪事务官，你觉得呢？"

"您说得太对了！"

"话说回来，阿格拉斯事件有什么进展吗？"

"目前正在全力查找证据！我的读物还没做完，那我先走了！"

文绪动作僵硬地端起餐盘，迈着漫画里军队行军一般的步伐逃离了食堂。正崎看着他离去的背影向守永致歉。

"他就是个笨蛋，您别在意。"

守永只是苦笑一声。

"文绪还年轻，大概还对东京地方检察厅特别搜查部的名号怀着不切实际的憧憬。"

"我回头好好叮嘱叮嘱他。"

"算了，也别像个过来人似的教他规矩。文绪会有这种想法，说到底还是我们上一代的错。"

守永淡淡一笑。

"揪出大人物"指的就是逮捕、起诉有议员头衔的人，即国会议员。

特搜部的工作包括侦查以"洛克希德事件"为代表的政治渎职事件，拘捕权势在握的政治家向来被当作是特搜部存在的目的所在。即便拘捕了几十个普通民众，只要无法起诉事件背后的核心政治人物，外界就会认定特搜部的工作没有做到位，拘捕政治家俨然已经成了事件得以彻底查明的象征。特搜部有揭露警方无法处理的政治犯罪行为，逮捕"巨恶之人"的使命感，而这种认知正源自这份使命感。

然而，强烈的责任感同时又催生出了负面影响。以找出证据为第一要务的强制搜查行为，录口供前事先串好词的引导式审讯，这些过于激进的侦查手法很容易成为众矢之的，被外界讽刺为"特搜部失控"。

甚至还爆出了"大阪地方检察厅篡改物证内容"的巨大丑闻。

丑闻曝光后，最高检察厅终于着手变革特搜部的组织结构。从几年前起，特搜部的工作重心就从自主侦查政界渎职事件转向了查办偷税漏税等财经事件。

因为这段过往，特搜部"政要必究"的风气现在已经大为收敛，但不可否认的是，老员工们的心底依然还残留着查办政界人物的强烈意识，年轻的文绪似乎也受到了影响。

"逮捕政治家其实没什么可骄傲的，只是不久之前，部里还充斥着这种风气。"守永用充满怀念的语气说道。

那个时候，正崎还在神奈川地方检察厅工作，因此对于体制改革之前的特搜部风气，他也只是略有耳闻。

"我们忘记了工作的本质是什么。到了这个年纪还……不，应该说就是因为到了这个年纪，才会轻而易举地忘记了真正重要的东西。正崎，我问你啊。"守永看着正崎的眼睛问道，"检察官究竟是做什么的？"

"守护国民与正义。"

正崎毫不犹豫地答道。

听到正崎直白的回答，守永开心地笑了。

"你这个人看上去挺可靠。"

"大概吧。"

"说到这次的阿格拉斯事件。"

话题骤然转向，正崎的脸色严肃起来。守永探身向前，压低声音。

"厚生劳动省已经提出了控告，可见违法行为确实存在。那帮家伙胆子还没大到仅凭嫌疑就落实指控。"

正崎点了点头。省厅发起的刑事控告一旦被证实是子虚乌有，局面就不好收场了。厚生劳动省提出控告，说明他们应该掌握了足以应对起诉的确凿证据。

"你自己也知道吧，日本斯比利总体上还算是循规蹈矩的公司，不可能预先得知强制搜查的消息，然后故意销毁证据。"

"我们出动的时候，员工们的表现也很拘谨，这么看大概是没有做什么善后工作。"

"也就是说，短期内无法在扣押的箱子里发现什么。要我说啊，这件事已经定了，用不了多久就会解决。正崎，你懂我意思吗？"

正崎坦诚地摇了摇头，他不知道守永想说什么。

"我是说，查找物证没必要那么尽心尽力，还是早点回家吧。"

正崎睁大双眼。守永摆出前辈的姿态喝了口茶。以守永的年纪来看，今年三十二岁的正崎和文绪一样，年轻得都能当他的孩子了。

守永的忠告终究没起作用，吃完饭后，正崎回头继续查找物证，直到接近末班电车的发车时间。他与文绪分着看了十四箱资料，还是没发现日本斯比利的行贿证据。

6

丸之内线的电车里挤挤攘攘。昏暗的车窗外，日光灯随着地铁呼啸而过。正崎盯着亮光，心里盘算起明天的工作安排。

下班的时候，文绪浑身透露出疲惫的气息。第一天读物时还只能看完两箱资料的他，完全没有预料到如今的工作会这么累人。文绪当时发牢骚说量大还好，主要是读物本来就很折磨人，但正崎却不太理解他的感受。

正崎喜欢读物。

特搜部的多数检察官都深谙读物的重要性，将之看作工作的重中之重。但读物工作单调又繁杂，没有谁是因为喜欢才做的，在这群人里，正崎算是异类了。

"检察官要守护国民与正义。"

正崎今天说了这样一句话。

对于"正义"，正崎怀着一股近乎忠诚的感情。他已记不清这种感情是在何时产生的。总之，父母给他起名"善"，他的姓氏里又带着一个闪闪发光的"正"，与这两个字共同成长起来的正崎，早在记事前便对"正义"与"善行"有了认知。

他希望自己做个正义善良的人。

这样的想法时常伴随在他的成长过程之中，他把"守护正义，打击罪恶"这个孩子气的理想放在心里，最终通过了难度极高的司法考试，踏上了检察官的道路。直至前年，他被调入了司掌检察正义之剑的东京地方检察厅特别搜查部。

然而，即便奋战到了正义的第一线，正崎还是无法明确回答"何谓正义"的问题。

他每天都扪心自问何谓正义，何谓罪恶，在思索中迎击有巨恶之名的大型犯罪行径。正崎的问题并不好回答，他甚至不知道这样的问题是否存在答案。他每天都在暗自摸索，有时思绪会变得不着边际。

在这样的日子里，读物就成了能够明确看到进展的工作方式。

逐一审阅扣押下来的资料，剩余的工作量不断减少。每当发现了线索或证据，犯罪真相就会一步步被揭示出来。对正崎来说，读物就像是"正义的刻度"，让他清晰地知道自己与巨恶之间的距离。因此，读物至深夜并非苦活，甚至是人生的一大乐事，读物越多，正崎就越能感觉到自己在向着正义前行。

明天要重点看看高恩医科大学的相关文件，正崎这么想着，在本乡三丁目站下了车。

7

正崎回到公寓，打开起居室的房门，妻子人美正睡在地板上。

"你在做什么？"

"嗯……阿善。"

　　人美揉了揉眼站起身，眯着惺忪的睡眼啪嗒啪嗒地跑向厨房。没过多久，她端着个托盘回来。

　　"快看。"

　　正崎以为是做好了放在厨房的晚餐，结果托盘上是一个圆形的黏土球。

　　"这是什么？"

　　"明日马今天做的黏土手工。"

　　正崎拿起长子做的黏土手工，仔细观看。就是个普通的圆球，还远远称不上手工作品。

　　"做的是什么？"

　　"孩子说是面包。"

　　"是吗？"

　　这面包要是用面粉来做，至少还能拿来吃，不过正崎转念又想，要小学一年级的孩子做面包，未免有些强人所难。

　　"旁边的这个牛角包做得还不错。"

　　"什么嘛，这是你喜欢的三叶虫，我做的。"

　　"三叶虫不是这个样子。"

　　"还有，我喜欢的不是三叶虫，是化石。"正崎又加了一句。收集化石与矿物标本是正崎唯一的爱好，只是最近工作太忙，抽不开身出去搜集。

　　正崎叹了口气，拿过起居室里放着的孩子的工具箱，从中取出修整黏土形状的刮刀，开始加工起人美做的三叶虫模型。正崎平时会自己清理采集来的化石，手工活是他的强项。他用刮刀在三叶虫身上划下横道，增加虫身的体节，手下的黏土渐渐显示出三叶虫的模样。

"好恶心啊，阿善。"

"别吵，这才是三叶虫的样子。"

"你今天回来得很晚啊。"

"开始读物了。"

正崎一边打磨着三叶虫的细节，一边说起目前正在调查的事件。人美"哦"了一声，似乎对这个话题毫无兴趣。

"电视里放了强制搜查的新闻，你没看吗？"

"没，啊，难道把你也拍进去了？"

"应该没有，新闻主要集中在总公司那边，我负责搜查的是他们的营业所，进进出出的次数也不多。"

"什么嘛。要是上了电视，明日马肯定会很高兴。"

在电视上看到闯进来强制搜查的父亲是值得高兴的事吗？特搜部大举出动的画面不像英雄所为，反倒更接近坏蛋的形象。

"才不是呢，他一直觉得父亲是正义的化身。"

"正义的化身会闯到讨厌的人家里强行搜查吗？"

"那也是出于正义的举动嘛。"

恶人常说的话从人美嘴里跑了出来，正崎苦笑。

耗时十五分钟完成的三叶虫黏土模型，如今是正崎处于善恶之间的幸福记忆。

8

昨天堆在办公室左侧的纸箱，已有三分之二转移到了右侧。文绪把刚检查完的一箱堆到右边，伸了个大大的懒腰。

"正崎先生，喝咖啡吗？"

"好。"

文绪走到办公室门边的茶水间，摆出两人的马克杯。办公室里有冰箱、咖啡机，都是为了一天中的大半时间都在办公室度过的检察官与事务官准备的。有些检察官会在冰箱里放罐装啤酒，不过正崎觉得，喝酒还是得去外边才够尽兴。

咖啡的香气飘了过来。茶水间有个造型可爱奇特的搁架，上面整整齐齐地摆放着文绪买来的各种咖啡豆。文绪其实也不算咖啡的狂热爱好者，只是为了尽力逃避读物工作才准备了形形色色的咖啡豆。在办公室里，能让人暂时忘却工作烦恼的也只有咖啡或是红茶了。

文绪把杯子放在正崎面前，高级咖啡的香气飘了出来。看来就算不做事务官，文绪也能去做咖啡店店员。正崎正在心里这么想的时候，文绪一脸认真地瞄向正崎。

"正崎先生，我有个想法呢。"

"你说。"

"毋庸置疑，地方检察厅特搜部的所有人都是检察队伍的精英，大家都是非常优秀的人才，但是特搜部归根结底是一个集体，如果个人意见先于集体，大家就没有共同努力的方向。我总觉得，正常情况下，我们还是该奉行上令下达，下属要听从上级的指示。"

"所以？"

"部长昨天说让我们早点回家。"

"你听谁说的……"

"偶尔早点下班也没关系吧……今天有人约我去参加联谊呢……"

"我不也是留老婆孩子在家等吗？"

"已婚人士无所谓啊！我要是打一辈子光棍，正崎先生可脱不了干系！"

"脱不了干系的是这些物证吧。"

"无良公司啊——"

这里可不是公司，正崎连吐槽都嫌麻烦，干脆无视了文绪，继续啜饮咖啡。

"我这边差不多看完了，你再搬三十箱过来吧。"

"正崎先生，你不会是假装在看吧，这速度也太快了，我好不容易才看完四箱呢。"

"你下不了班就是因为看得太慢了。"

"这完全就是黑心老板会说的话……"

正崎无奈地叹了口气，放下咖啡走到文绪桌边。他从桌上的纸箱里随意取出几本扣押下来的文件夹，摊开放在桌上。

"查找证据是有窍门的。"

"真的吗？"

"首先你得意识到，我们要找的是'信息'。资料里能得到什么种类的信息呢，你要根据这个区分，调整自己的搜查方式。"

摊开的资料里有本列满数字的账本，正崎手指着账本。

"遇到数字就要看'量'。每个数字包含的信息只有它代表的数量，你把数量加到一起计算，如果这些数据合理无误，最后算出来的结果必定能对上，但如果里面有猫腻，计算的结果就会出现偏差。'数字不会说谎'就是这个意思。收集到的量足够多，问题就会自己显现出来。你记住，凡是列举数字的资料，不要只停留在某一栏上，要以速度为先，把握整体，这才是最恰当的查阅方式。"

正崎说完，又拿过另一个文件夹随意翻开。他翻开打印出来的一页文件，只见上面添加了手写的日期与时间。

"反过来，像这样少量的手写字，就要尽力发挥想象。手写字里的信息量远远超出字面内容。文具种类、文字大小及字体、字的位置，集齐这些文字本身以外的信息，就能判断出这些文字是在什么情况下写出来的，写下这些字的又是什么人。"

"啊……"

"总之，你要酌情判断哪些地方可以粗看，哪些地方要停下来细想，把握节奏。你平时碰到一目了然的地方也会停下来，所以才看得慢。"

"有道理……我懂了，原来是这么回事。"

文绪"嗯"了一声点了点头，正崎忍不住又叹了口气。他刚刚说的到底只是思维方向的指引，没道理刚听完就能懂。大概再过好几年，文绪才能真正理解自己所说的内容，正崎心里想着，对文绪说了句"加油干"，回到了自己的座位。

"数字要看量！"

文绪大口喝光咖啡，开始劲头十足地敲击电脑，录入账本里的数字。现在的他似乎进入了加速阶段。

然而正崎刚产生这个念头，文绪就停了手，嘴里念叨起来。此时距离他开始敲字还不到五分钟。

"喂，你停得也太早了。"

"不不不，正崎先生，我发现了非常非常重要的笔记。"

文绪递出一张 A4 纸。半信半疑的正崎接过纸张，只见上面的标题是《生产销售后临床试验 研究费核算明细表》。印在纸上的是固定格式的表格，加了手写的核对痕迹。

不过，这张纸上的内容显然是废弃的版本，第二行的记录似乎就已经出错了，上面有胡乱用圆珠笔划出的线，看起来不像是什么重要的文件。仔细看看，A4 纸的右上角还写着"圣拉斐拉医科大学"，甚至都不是阿格拉斯事件涉及的四所大学之一。

"你说的笔记在哪？"

"在这在这。"

文绪用手指着纸张下边，只见那里有圆珠笔写下的潦草字迹。

——小小的"F"。

文绪两手撑在正崎桌上，兴奋地探过身来。

"依我看，这是某种隐语……也就是暗号！"

"这个'F'要表达什么呢？"

"嗯，F……F……free……不对，那是 France 吗……"

正崎露出悲悯的表情，他确实说过看到手写字要发挥想象力，但万事总有个限度，要是遇到个小小的英文字母就要展开漫无边际的联想，那就算花上几年时间，他们都看不完所有资料。

抱着姑且试试的想法，正崎让文绪把夹着这张纸的文件夹拿了过来。他漫不经心地端详起文件的标题和内容，这份文件似乎是圣拉斐拉医科大学提交给日本斯比利的报告，正崎又回头重看文绪给他的那张纸。文件夹的锁扣得紧紧实实，这张与文件夹里的内容毫无关联的废弃资料似乎只是无意中偶然放进去的。如此一来，就没什么可供想象的空间了。

"文绪。"

"嗯。"

"你先专注在数字上吧。"

文绪垂下头沮丧地嘟囔道。

"我还以为有什么蹊跷呢，出丑了。"

正崎把纸张递还给尚未释怀的文绪，就在这时，他发现纸张背面的一片黑色，一下子止住动作。

打印用的纸张背面是黑色的吗？

正崎把那张纸翻了个面。

"咦，这张纸有点奇怪。"

两人盯着打印纸的怪异背面看了几秒，同时注意到一个问题。

"嘶——"

正崎像是抽了口气般低声惊叫。

他条件反射地就要抽回手，却靠着自己的意志强行压下了手上的动作。

白色的纸面上满是小虫一般的黑字。

纸上写的是"F"。

无数的"F"占领了整页，每个"F"的大小，朝向几乎完全相同，写字的人一门心思地写了成千上万遍，然后密密麻麻地堆叠在一起，直到涂黑整页白纸。

震惊过度的文绪后退了几步。正崎不自觉地用手指抚摸过那一片黑，大概是想确认有没有油墨的痕迹。

触摸得到的信息与自己的预想大相径庭。

手下的触感粗糙，有些奇异。它的颗粒分布不像砂纸那样均匀，而是杂乱怪异，有细微的刮手感。正崎把脸凑近，凝神细看，寻找触感的由来。

其一来自几根毛发。

其二来自看似指甲碎屑的物体。

其三来自像是源自皮肤的皮屑。

未经详细调查，他也不知道这些东西究竟是什么，不过看起来怎么都像是从人体脱落下来的组织，与纸上的文字混在一起，留在了纸面上。至于是怎么留下来的，现在也很清楚了。

纸上有血迹。

之前因为纸面一片漆黑，正崎没看出来，细细观察才发现黑色的油墨上方混杂了一些暗红色的凝固血迹。血迹不多，每处都有少量附着，其间还夹杂着毛发和指甲一类的东西，这才让人摸起来不顺手，有一种令人不适的触感。

"怎么回事……"

文绪的脸上没了血色。无法抑制的情感喷薄而出，使他连表情都变得扭曲起来。

"正崎先生，这张纸是怎么回事……"

"不知道。"

正崎捏起蕴含了庞大信息量的纸张。

"目前唯一可以确定的是，"正崎从大脑里产生的无数想象当中，说出了一个最为稳妥，任谁看到这张纸都会明白的事，"写下这些字的人，精神状态已经失常了。"

9

行驶在首都高速公路上的黑色汽车经过用贺的高速出口，驶入东名，没多久就到了多摩川。午后的明媚阳光映射在河面上。

"川崎离得很近啊。"

开车的文绪像在兜风般说道。副驾上的正崎淡淡回了句"因为走的是高速"，而后再次确认手里的文件。

现在，两人正在向位于川崎生田的圣拉斐拉医科大学行进，此行目的是要打探一下关于昨天文绪发现的那张纸的事情。

就是那张怪异的纸。

"话说回来，到底发生过什么事情，才会留下那样的痕迹呢……"

文绪开着车，眼睛瞥向正崎拿在手里的那张纸。正崎靠在座椅上的后背抖了一抖，像是用余光撇一下都忍受不了一般。

"你是想说发生过犯罪事件吧。"

"性质应该还没有那么严重。"

"啊？真的吗？"

"这张纸看着确实瘆人，但上面的痕迹并不是暴力所致。"正崎把脸凑近纸张分析道，"附着在上面的血迹很少，当事人应该并没有出现大量出血的症状，还有毛发和皮屑是……我知道了，假如写下这些字的人当时在疯狂地抓挠脑袋，可能就会出现这种混杂着血迹的痕迹。"

"一边抓脑袋一边不停地写下'F'，直到把整张纸都涂黑，要是这样的话……"文绪毫不掩饰地皱眉说，"那这个人完完全全就是个疯子吧。"

"我说的只是假设，实际情形不一定就是这样。"

正崎再度看向残留在纸面上的细微线索。废弃之前的部分里还留有少量信息，"临床试验用药"一栏里记录着"清莲"，正崎细读起打印出来的"清莲"相关资料。资料里多多少少夹杂了一些专业术语，不过他事先已经在网上做过功课，因此大体上可以理解。

安眠药"清莲"是苯二氮卓类口服药物，已经通过审批，获准在市面上出售。"清莲"的生产销商是黎明制药，与身处阿格拉斯事件中心的日本斯比利没有关系。

另外，纸上的"生产销售后临床试验"指的是检验医药品获准销售后，在实际使用的过程中得到的各项数据。毫无疑问，这是法律规定必需的重要试验，不过制药公司通常会更加重视决定药物是否能够上市销售的审前试验。

"是不是就像大学入学考试和定期测验的区别？"文绪问道。

"差不多吧。定期测验成绩不好甚至可能得留级或是退学，但相比起来，入学考试的结果对父母来说才事关重大。"

"已经审批通过的安眠药试验，况且还是黎明制药公司生产的，与日本斯比利没有关系。"文绪注视着正崎问道，"正崎先生，你觉得它和阿格拉斯事件有什么联系吗？"

"怎么说呢……"

正崎没有给出明确的回答。说实话，他并不觉得这张令人不适的纸与阿格拉斯事件有关。

特搜部正在全力追查的阿格拉斯事件，其起诉内容到底只是日本斯比利与四所大学之间，因糖尿病药物阿格拉斯而犯下的不当举措。而现在两人正在前往的却是涉事范围之外的另一所大学，掌握的线索也是另一家制药公司生产的另一种药物的临床试验报告。说到底，这些都跟阿格拉斯事件没有半分关系。

然而即便如此，正崎还是认为该去圣拉斐拉医科大学走一趟。他说不清其中的缘由，但从事检察官一职十年来打磨出的经验，或者说是他的直觉告诉自己，要去调查一下。

最重要的是，文绪发现的那张纸，怪异到足以驱使他采取这样的行动。

况且正崎心里有数，即便在这件事上白白耗费了一天时间，也不会对侦查阿格拉斯事件带来多大的影响。在读物方面，正崎的速度快过特搜部里的任何一位检察官，因此即便分出些时间侦查其他事件，特搜部也不会有人提出异议。哪怕是为了留出自由侦查时间，读物也得加快速度。

"今天调查完回去之后，你可以早点下班。"

正崎怀着给文绪一点小小甜头的想法开口说道。文绪听到这句话，脸上马上就露出了宛如奇迹降临的表情，没多久竟然激动得哭了出来。正崎多少有些理解守永部长对自己与文绪的担忧了。

10

圣拉斐拉医科大学建在一片开阔住宅区的中央高地上，它矗立在那里，犹如一座俯瞰治下之境的城池。

黑色汽车驶入附属医院旁边的停车场，正崎和文绪下了车，横穿过宽阔的停车场，走向医院大楼。文绪边走边环视四周。

"豪车不少啊。"

"私立医科大学是最有钱的地方，还有很多 VIP 客户来院就诊。"

"我们先从哪里查起呢，正崎先生？"

"文件出处。"

正崎回想起先前在大学官网上查找到的信息。给安眠药"清莲"做试验的是这所大学医院的麻醉科，实验负责人因幡信医生则是麻醉学科的副教授，学校网站上还放了他的照片。因幡信年纪在四十岁上下，戴一副黑框眼镜，面容刚毅。

两人从医院正门走了进去，候诊室里坐满了等待下午看诊的病人。文绪打头，两人一前一后走向咨询台，文绪挂上亲切的笑脸，对咨询台里的其中一个女办事员提出要求。

"不好意思，我们想见见麻醉科的因幡信医生。"

"好的，请问您的姓名和拜访事由是什么呢？"

"我们是东京地方检察厅的。"

文绪从怀里掏出证明身份的检察事务官证，出示给女办事员。看到类似警官证的检察事务官证，女办事员神情一凛。

身为检察官的正崎虽然衣领上有证明身份的"秋霜烈日章"，但检察官与刑警不同，没有警官证那样的身份证件，因此需要证实身份的时候，往往就由同行的助理事务官出示自己的检察事务官证。

"我们有些话想问因幡医生。"

"好，好的，请稍等。"

办事员磕磕绊绊地拿起电话。事实上，很少有人真正理解检察官是做什么的，然而即便如此，文绪的证件依然具备十足的威慑力。

办事员在电话里应和了两三声后，按住听筒对两人说："非常抱歉，因幡医生今天不在院里，麻醉学科室的羽饲教授代他问两位有什么事情……"

文绪用眼神询问正崎，正崎回答说："我们可以进去吗？"

办事员再度拿起电话，做了预约。

11

"我们科室的因幡犯什么事了吗……"

麻醉学科室教授羽饲洋司坐在正对面的沙发上，神情满怀戒备。他似乎在思考供职于医疗部门的因幡信犯了什么错，会不会波及自己和整个部门，脸上明显流露出不想沾染是非的神态。不过，恰恰是这样的反应才属正常。要是他面不改色地接待来访的检察官，那就非常可疑了。看到羽饲这副模样，正崎反倒稍感放心。

"羽饲医生，您知道'清莲'这种药物吗？"

正崎首先观察羽饲的神态，见他目光开始游离，这种反应大概只是碍于对方身份感到不安，不代表其中有什么隐情。

"啊，清莲吗……是那个安眠药吧。这个药的确是在我们这里做的试验……有什么问题吗？"

"您不必如此戒备。"

正崎努力缓和气氛。他想这种时候，要是自己像文绪那样亲切感十足，探听事情就轻松多了。

"您知道阿格拉斯事件吗？"

"啊，嗯，新闻上看到过，有高恩医科大学……和我们没有关系吧。"

"东京地方检察厅目前正在排查与阿格拉斯事件有关的物证，这份文件就在其中，今天过来就是想问个话。"

"可里面记录的药不是阿格拉斯啊？'清莲'甚至都不是治疗糖尿病的药……"

"嗯，我也觉得关系不大，只是地方检察厅的侦查要做到滴水不漏，但凡有点异常，就必须弄清楚。"

事实上，要是像他说的这样，检察厅有多少人手都不够用。正崎继续在那里现编。

"一切都因我们而起，您的科室没有任何问题，因幡副教授自然也没有问题。我们随便问几句就好，可以麻烦您协助一下我们的调查吗？"

"啊，原来是这样啊，只要能帮上忙的，我一定尽力。"

羽饲明显放下心来，这下终于能开始询问了。正崎再次摆出问话的姿态。

"负责清莲临床试验的是因幡医生吗？"

"是的，我也大致看过，基本上还是因幡主持。"

"因幡医生今天休假吗？"

"啊，他昨天和今天休假。"

"慎重起见，请您给一下他的联系方式。"

文绪打听出电话号码和地址，把它们记了下来。因幡信的家距离大学有十分钟左右的车程。

"因幡医生最近有什么不对劲的地方吗？"

"不对劲？嗯，没什么特别的……您说的不对劲是指？"

"没什么，例行询问而已。"

"这样啊……说实在的，我自己也有要忙的事，因幡的工作与我不同，他有他自己的事，我们的工作几乎没有交集。对了，如果要打听因幡的事情，学生们可能比我知道得更清楚。"

正崎请羽饲教授另外准备了一个房间。年轻的学生口风不紧，容易套出信息，但如果有教授在场，他们就会管束自己，闭紧嘴巴。正崎借用了平时用来闲谈的房间，叫了几个学生来问话。

"他累惨了。"

一个女学生语气随意地说道。其他学生也都点头附和。

"因幡老师真不是一般人。"

"我都感觉他完全没合过眼。"

"是不是太忙啦？"

文绪也语气随意地问了几个问题。面对学生，文绪应付起来更加得心应手。

"嗯……"女学生陷入思考，"但是因幡老师近期在做的事情只有两件，指导我们的论文，还有前辈的实验。"

"他几乎不来给我们上课……要说忙，也是在忙外面接的活吧。"

"有没有人知道因幡医生手头在做什么？"

正崎刚刚发问，学生们都微微有些紧张，似乎本能地觉得这个人的问题必须得认真回答。你推我让之后，一个高年级模样的男学生代表大家发声了。

"我们什么都不知道，老师自己在外面接的工作，直接去问他会更好。"

正崎点了点头，合上了笔记本。按照原定计划直接找因幡信本人是最有效率的，这样也不用再兜圈子。正崎用眼神示意文绪可以让大家离开了。

"你们还记得吗？"女学生像是想起了什么说，"那个老头，还有那个女人。"

"啊——这么说起来，他们时常过来呢。那两个人是 MR[1] 吧。"

"不对吧。"

"是吗？那他们是做什么的？"

"这个嘛，我也不是很清楚……"

学生们掌握的信息出现了偏差。医药代表就是制药公司里的销售员，他们拜访副教授是极其寻常的事，但如果那两人不是医药代表的话，又会是什么身份呢？

"你们说的那两个人是？"

正崎径直开问，学生们把各自掌握到的信息拼凑到一起，互相打探着继续往下说。

"一个穿西装的老头，还有一个女人。他们经常来找因幡老师，我还以为是医药代表……我经常看到他们，就想着因幡老师会不会是在忙他们委托的工作。"

正崎又问学生们是否知道两人的来历，得知院里有记载了来访者信息的登记表。登记表里大多都是前来推销药物的医药代表的信息，

---

1 MR，即Medical Representative，相当于医药公司的销售人员。

贴上名片作为记录，其中有一张没贴名片，上面写着一位代表的姓名
与电话号码。

12

"我有点激动。"文绪在导航里输入地址，情绪高涨，"总算有
侦查的感觉了，是吧，正崎先生。"

"我们早就在侦查了。"

正崎感到惊讶，特搜部在文绪这家伙眼里究竟是有多不堪呢。

在日本，能够进行犯罪侦查活动的，只有拥有侦查权限的侦查机
构人员，也就是司法警察与检察官（包括检察事务官）。日本国内的
大多数事件都交给警察侦查了，不过检察官也有国家授予的独有侦查
权，正崎他们所在的"特别搜查部"，俗称特搜部，就是其中拥有特
殊侦查权限的部门。

"你觉得自己平时做的是什么？"

"那个，我当然很清楚自己的工作内容……但是像读物这种事，
完全就是办公嘛。盯着扣押下来的电脑，比对票据单号，就像在做兼
职会计一样。这样就声称自己是办案人员，小孩子肯定也不会相信。"

听文绪提到小孩，正崎也稍稍接受了文绪的说法。的确，在明日
马这个年龄的孩子看来，身穿制服的警察威风凛凛，而检察官大概只
是穿着西装的大叔而已。但静下心考虑，明日马才六岁，文绪却已经
二十四岁了，也该从自己的幻想中清醒过来了。

"是登户吧。"文绪对着导航确认地点，屏幕里标示着因幡信的家。

"既然今天休假，他应该在家吧。"

"先去看看，再从川崎过来又得麻烦一次。"

文绪踩下油门，汽车驶离医院的停车场，走下七弯八绕的坡道，进入车流拥挤的县道。汽车驶过府中街道后，沿着小田急线一路向北。

开了十分钟左右，汽车来到登户站前，导航播报目的地就在附近。文绪把车停进了收费停车场。

从登户站出发，步行两分钟后，两人抵达因幡信住的高级出租公寓。公寓外观崭新，共有十层，光是看着就觉得租金不菲。

"不愧是医生啊……"

"副教授，又是单身，应该有这个经济能力。你先打个电话看看。"

文绪拨打了先前探听到的因幡信的电话号码，那边没有人接，转到了语音信箱。

两人又走到自动上锁的大门前，输入因幡信的房门号码，拨通了他家里的对讲机，依然毫无反应，看来对方不在家。文绪看着正崎，问他接下来怎么办。

正崎心念微动。对方不在家，自己也无计可施，按说就该老老实实回去，改日再来拜访……

忽然之间，他的脑海里浮现出那张纸片。

那张怪异的纸让正崎略生焦躁。

"上去看看。"

正崎和文绪朝向管理员室打招呼，表明两人是来查案的检察官，请管理员打开了大门。严格来说，做出这样的举动是需要出示相关文件的，不过正崎觉得，他们只在公寓的过道活动，只要不给周围人添麻烦，应该也不会产生多大问题。如果出了什么事，可以再请守永部长帮忙，正崎这么想着进了电梯，电梯往八楼攀升。

因幡信住的那间房位于八楼过道的中段。

正崎按下房门旁边的对讲机，无人应答。

"果然是不在家啊。"

"不对……"

正崎把耳朵贴在门上，听着门内的声音。文绪也照着他的动作倾听里面的动静。

房间里传来的声音像是音乐。

"他在家？"

"有人吗，因幡先生，你在家吗？"

正崎向门内呼喊着，又按了几次对讲机，但依然无人应答。他"咚咚咚"地大力敲门。这时旁边的门开了，一个中年女人探出头来。

文绪表明检察官的身份，解释了两人的举动，中年女人说他们来得正好。

"隔壁从昨天起就一直在放音乐，我正想找管理员或警察说说呢。"

"是这样啊。"

正崎嘀咕了句"好机会"。

他马上让文绪跑到管理员室联系管理这栋公寓的公司。管理公司就在车站旁边，得知检察官传唤，对方十分慌乱，说会立刻派人过来。

等到管理公司派人过来的间隙，文绪把耳朵贴在门上，试图听清里面的音乐。

"什么嘛，是古典音乐吧？"

"你听过这首曲子啊。"

"嗯，正崎先生大概没听过古典音乐吧，你知道这个曲子吗？"

"你在我面前卖弄什么。"

诚如文绪所言，正崎没有聆听古典音乐的高雅爱好，不过自从有了明日马，人美曾经借过很多古典音乐CD，说是为了给孩子做胎教。她从里面选了一些曲调和缓的来听，剩下的那些不适合拿来胎教的音乐就留给正崎听了。在这样的机缘下，正崎听了相当长一段时间的庄严曲调，以及孩子听了就会害怕的曲调。曾经听过的曲子里，似乎就有一首很像是现在播放的这首。

"那你猜猜看这首曲子叫什么？"

"隔了一扇门听不清楚……进去之后再猜。"

过了五分钟，管理公司的人带着备用钥匙过来了。

"那个，您是警察吗？"

文绪回复说是检察官。说完这句，接下来多半又要解释一番，不过文绪早已习以为常。他没有说多余的废话，只给对方透露了事情并不严重的信息。面对管理公司这样唯恐出事的对象，这是最有说服力的说法。

听完文绪的解释，管理公司的人似乎理解了他的意思，转动钥匙打开了门锁。归根结底，正崎和文绪可以解释说是收到了噪音投诉，无奈之下才叫人打开的门。有了这个借口，大概就不会扩散不好的影响了。

管理公司的人转动把手打开大门。

门被打开的瞬间，音乐声一下子流泻而出。因幡住的不愧是高级公寓，隔音性能非常好。房里的音量其实相当高。

"音量好大……这首曲子听起来好恐怖啊，正崎先生。"

"因幡先生，你在吗？"

管理公司的人面朝屋里大声呼喊，足以掩盖呼喊声的音乐还在房间深处继续播放。如果从昨天开始就是如此，那未免太过异常了。

"异常"一词挑动了正崎的思绪。

他的脑海里再度浮现出那张纸来。

"我们进去吧。"

"啊，正崎先生，不太好吧。"

正崎脱鞋走了进去。屋里是水泥工业风格，很有设计感。文绪让管理公司的人在门外等候，自己慌慌张张地跟在正崎身后。

"我们没有搜查证，没问题吗？"

"蒙混过去就行。"

"说得倒简单……"

"《布兰诗歌》的开场曲。"

"什么？啊，你是说这首歌啊……"

正崎从隐约的记忆中找出歌名，喃喃自语。

"O Fortuna（哦，命运）。"

他径直沿着水泥走廊往里走，最里面是一扇木纹理的大门，音乐声透过这扇门如洪流般倾泻而出。正崎用力打开门。

神圣庄严——

这是正崎最先感受到的印象。

"嗯……哇啊！"

文绪大声惨叫，瘫软在地。

这是一个完全被水泥包裹着的房间，约有十二叠[1]大，房里几乎没有家具，靠墙摆放的橱柜里，组合音响的液晶屏发出幽蓝的光。房间正中央有一把活动靠椅，裹着黑色皮革的宽敞座椅固定在一个恰好适合入睡的角度上。

椅子上躺着一个赤裸的男人。

男人身形细瘦，肌肉匀称，浑身一丝不挂，隐私部位也未着片缕，就那么躺在靠椅上。他的身上没有任何衣物，也没戴任何饰品，赤裸的身体只穿戴了一件东西。

那个东西是口罩。

口罩是透明的，像是塑料质地，覆盖了男人的嘴唇。一根同样透明的螺纹圆管从口罩里伸出来，另一端连在靠椅一旁的机器上。机器的大小接近一张小桌子，白色塑料质地，机身上有液晶屏幕，附带了几个测量仪与像是银色储藏槽一类的东西。正崎觉得这台机器有些眼熟，他曾经见过类似的机器，应该是在医院的时候。

1　（计算榻榻米的量词）张、块。一叠相当于1.62平方米。

那是……

"……麻醉?"

几乎在低声念出的同时,他就飞奔进房间,跑到躺在靠椅上的赤裸男人身旁,强行取下了口罩。他抓住男人的手腕,先是把耳朵凑到男人嘴边,接着又转向男人的左胸,探听男人的心跳声。

然而入耳的只有音量巨大的大合唱。

"邪恶啊!"

"恶行啊!"

"苦役啊!"

正崎抬起头,看着副教授因幡信的遗容。

因幡信脸上浮现出的,似乎是在心脏、生命,为人的一切,都被女神夺取后的陶醉忘我。

BABYLON II

1

"两位是在不该出现的地方遇见了不该遇见的人呢。"

多摩警署的刑警九字院偲把两杯茶放到了桌上。刑事科一角的沙发上，正崎与文绪正坐着喝茶。

两小时前，正崎他们报了警，警察很快从距离现场不到一公里的多摩警署赶了过来。大致勘查过现场后，正崎与文绪作为现场目击者被带到警署，接受刑警问话。

九字院与正崎年纪相仿。身为刑警，他却有着纤细的身形，脸也长得很精致。第一次见到他的人恐怕会把他和杰尼斯事务所的偶像艺人联系在一起。不过之前在那个怪异的现场，他面对尸体的镇定自若令正崎叹服。这样的专业性是呼喊瘫软的文绪远不能及的。

九字院放下自己的茶杯，坐到正崎与文绪对面。

"地方检察厅特搜部人员……"九字院将探寻的眼光投向正崎，"这个叫因幡的死者，与什么重大事件有关吗？"

"还不清楚。"正崎即刻答道，"我们怀疑他与目前正在追查的制药公司与大学之间的研究造假事件有关，今天是第一次过来。"

"恰恰在这个时候出了事。"

"说实话，因为信息不足，目前还无法断定死者是否与我们追查的事件有关，或是曾经有关。"正崎看向九字院的目光蕴含着自己的意图，"因此，我们非常想与您共享信息。"

"哦……没问题。"九字院依然保持着严肃的表情，说出的话却显得随意，"互相交换已知信息，简单又高效，毕竟现在是信息化时代，像那种要划分警察、中央机关、检察各自势力范围的无聊事，就让上头老家伙们去争吧。"

九字院身后，上了年纪的老刑警苦笑一声，看来这里的工作氛围还挺融洽。

"那我先说我们这边的勘查结果。"

九字院快速翻开报告，从上往下读了起来。他没有浪费时间计较哪方先说，这种态度让正崎觉得他是个头脑灵光的人。

"死者因幡信，四十三岁，单身，圣拉斐拉医科大学附属医院麻醉科室副教授。死者老家离得很远，我们就先联系了他工作地方的教授，请对方来确认死者身份，教授证实死者身份无误。接下来是死因。"九字院翻过一页，"巧了——这么说好像不太礼貌，刚好来的教授也是麻醉学专家。"

听他这么一说，正崎也想起来，麻醉学教授，那就是不久前才聊过的羽饲教授了。

"教授和我们这边的法医一起做了解剖，检查得很彻底，算是弥补了解剖前无法断定的部分……"九字院把报告放到桌上，指着上面的文字，"麻醉致死。十之八九就是这个。"

"也就是说，死因是吸入过量麻醉剂吗？"

"你看，死者身旁是不是有一台机器。"

九字院从文件夹里拿出现场照片摊在桌上，从中选了一张机器的照片。

"这是手术中使用的全身麻醉机。这台机器在实际使用的时候，会有一个麻醉医生守在旁边逐次调整剂量，保证病人既不会醒也不会死，之后做手术的时候再给病人插管。就像这样，把管子插进喉咙，把麻醉剂送入肺部。但是因幡一个人无法完成这一步，所以他没有插管，改用口罩罩住了嘴巴。"

正崎的焦点放在了"一个人"。

如果说这些都是因幡一个人做的。

"因幡是自杀吗？"

"嗯……"九字院环抱双臂，点头的幅度稍有些大，"目前还无法断定，只是从已掌握的现场证据来看，自杀概率很大。死者身上和房间里都没有打斗痕迹，屋子里也没有外人闯入的痕迹。死者没有被人束缚在靠椅上，如果是他杀，那死者未免太过温顺了。"

"要是有人事先使用了安眠药，让死者陷入昏睡呢？"正崎发挥想象问道，"先让死者昏睡，然后设置好麻醉机，被害人就会悄无声息地死亡。"

"有没有使用安眠药，解剖完就知道了……不过，那位麻醉科教授说的话有点奇怪。"

"奇怪？"

"嗯，他说那台全身麻醉机装了可以调节麻醉剂用量的计时器，这样就能逐渐增加剂量，最后致人死亡。听他说的，是不是觉得这起事件有可能是他杀？但是好像又不对……怎么说呢，教授说是从极少的量开始，花费时间一点点增加的麻醉剂量。"

"花费时间增加剂量……"

"倒过来推算，就是从昨天早上开始，一直到今天中午才达到了致死量，中间大约过了三十个小时。照这个速度，死者中途应该还有意识，如果想停掉麻醉的话，他可以自己取下口罩。如果这起事件是他杀，凶手为什么要留出这么长时间让人无法理解。时间越长，被害人就越可能清醒过来，杀人失败的风险也会越大。"

正崎点点头，正如九字院所说，他想不到花费过多时间杀人的合理理由。

"所以，应该还是一起自杀事件，况且教授也说，只有专业人士才能精密控制麻醉过程。麻醉科医生因幡信自己设置好了麻醉机，这么想是行得通的。"

九字院的推理毫无漏洞，正崎也同意他的想法。因此，他很清楚九字院和自己卡在了同样一个地方。解释不清的谜团有如尖刺一般戳在心上。

因幡信为什么选择了那样一种死法呢？

"还有这个。"

九字院又拿出一张照片。

照片拍的是人的腿，靠椅，还有木地板，应该是他们在现场见到的因幡与靠椅的局部。只是照片的重点不是死者遗体，而是地板。地板上有液体，映出了相机的闪光灯。

"死者小便失禁，说明他从昨天起就一直坐在靠椅上。没有看到大便，可见没有进食。另外死者身上还有体液的痕迹。"

"体液？"

"应该来自死者本人，他有射精的迹象。"

坐在旁边聆听的文绪厌恶地蹙起眉头。一丝不挂的男人自杀而死本来就够怪异的了，最新得知的信息又使这起事件更加令人不适。

"我们能提供的信息就是这些了，剩下的要等解剖完毕。好了，接下来轮到你们了。"

九字院用手势示意正崎讲话。

正崎和文绪开始谈起两人掌握的信息，他们毕竟不同于勘查过现场的警察，只打听出了极为有限的信息，能够提供的线索也很少。两人毫无保留地说出了自己知道的一切。包括从学生们那里收集来的证言，因幡最近很疲劳，似乎承接了私人工作，以及有人常常来找因幡的事情。

正崎把从登记本上找到的，经常来找因幡的人的名字和电话号码给了九字院。

安纳智数　090-9321-××××

"你们知道这名字怎么读吗？"九字院问。

"登记本上没有填写注音的那栏。"

"这样啊，大概是叫 anoutomokazu[1] 吧……这个人交给我们去调查吧。你们知道的就这些了吗？"

"不，还有一件事，"正崎拿过提包，"我们也不知道这是不是因幡的东西。"

他从包里拿出一张纸，放在了桌上。

是那张混合着血液、毛发与皮屑的纸。

密密麻麻的"F"将整张纸涂成了黑色。

九字院先是瞪大双眼，而后面不改色地拿起纸张，细细观察起来。

"原来如此。"

他依然用漫不经心的语调说道："这起事件似乎有很深的隐情。"

2

正崎仰望着卧室里昏暗的天花板。

点开枕边的手机一看，时间已过三点。他转头看向邻床，人美和明日马睡得正香，腿都露在了毛巾毯外面。

正崎毫无睡意，确切来说，是他自己不想入睡。要思考的事太多，一件件捋下来，自然而然就到了深夜时分。

---

1 安纳智数，罗马音是anoutomokazu。这里的读音是日语发音的音译。日语里的汉字存在音读与训读两种读法，因此在没有标音的情况下，有时会难以区分名字的正确读法。

他清空大脑，从头思考起事件的源头。

一切都始于药物阿格拉斯的研究造假行径，与这件事存在些微联系的麻醉科医生因幡信，不明不白地自杀身亡。

目前还没有出现能够证实阿格拉斯事件与因幡的自杀存在联系的线索，扣押品里偶然夹进去的那张纸，只是机缘巧合下把他们引导到了因幡信的自杀现场。目前来看，两起事件之间似乎毫无关联，相关信息太少，再怎么推理也得不出有用的东西。现在要做的是等待其他新的情报出现。

正崎转而思考起当下可以推理的部分。

因幡信的自杀。

一场耗时三十小时的缓慢死亡。

正崎发挥自己的想象，探寻着因幡选择这种死法背后的缘由。到底是什么样的缘由让因幡选择用这种方式自杀呢？

或许是……对生命的眷恋？

因幡会不会是打算在死亡之前留出一些时间，与自己的人生告别呢？要是他希望在静待死亡来临的过程中回首自己四十三年以来的人生，那么预留较长时间追怀过往的举动就可以理解了。拿三十小时回首四十年的人生，其实也不算漫长。

只是这么一来就不符合自杀者通常的逻辑了。

自杀对精神和肉体的消耗极大，只有做好了相当程度的心理准备后才可能实行的破釜沉舟之举。正是由于这个原因，自杀者往往极度畏惧自杀失败，会竭力杜绝动摇决心的行为。

他们倾向于只要开始就无法结束的极端方法，像跳楼、卧轨这样瞬间终结一切，不容分说就斩断对于生命的留恋，毫无回转余地的死法。

然而因幡信的自杀方法却背道而驰，他在死前为自己预留出的漫长时间大概会轻易动摇自己的决心，随时都能取下来的麻醉面罩同样如此。只要因幡信本人不想死了，他任何时候都能停止自己的自杀行为。因幡信选择的是一种过于缓慢、完全靠不住的自杀方法。

那么，因幡信有没有可能是"畏惧死亡""指望中途还能反悔"呢？

然而如此一来，他大费周章的死亡准备就显得有违常理了。特意在家中备置全身麻醉机，又在繁忙的工作中请了两天假，然后走向死亡，哪一步都不像是有中途反悔、重新回归日常生活想法的人会做出来的事情。

正崎躺在床上，大大叹了口气，越想越觉得因幡的自杀不太对劲。按照常理思考下去，总能发现解释不通的地方。

正崎的脑海里再度浮现出那张纸。

怪异的自杀，怪异的纸张，两者都有一个共通点——不正常。

因幡信的反常是确信无疑的。

他究竟反常在哪里呢？

怀着疑问，正崎终于在凌晨四点多入睡了。

3

九字院很快发来了消息。因幡信自杀两天后的傍晚，正崎正在特搜部继续审阅阿格拉斯事件相关的扣押物品时，手机响了起来。

"有什么新进展吗？"

"嗯，多少又发现了一些。"电话里，九字院依然用他漫不经心的语调说道，"解剖结果大体与之前的预想相同，死因是吸入麻醉剂，是否使用了别的导入用药还没有完全弄清楚，不过胃容物里没有发现这类药物，死者身上也没有注射痕迹，看来他杀的可能性不大。另外，经过检测，从你这里拿到的那张纸上附着的血迹与皮屑都来自因幡信，死者头部有挠过的痕迹，应该没有问题。"

正崎边听边点头，尽管目前的证据只能证实之前的预想，但随着事实的不断累积，最终还是可以得到自己想要的答案。

"接下来是我要说的核心，也是重点。"

"什么？"

"这个嘛……"

九字院微微迟疑起来，这对于漫不经心的他来说十分罕见。

"经常来找因幡的来访者身份已经确定了，嗯，我说的是那个已经知道名字的男人，跟他一起的女人还没查到。就是呢，那个男人的出身你应该更熟悉。他叫安纳智数，今年六十六岁。"

"是什么人？"

九字院发出一声长长的"嗯——",终于给出了回答。

"话说回来,这位可能与你们那边的关系更近呢。"

4

东京地方检察厅特别搜查部部长办公室,空气中流淌着压抑的气息。

窗边的装饰架上,象征着检察公平与正义的天秤工艺品静静地矗立,两边的秤盘承载了同等重量的空气,凝滞不动。

正崎站立在厚重的橡木色办公桌前。

"是议员秘书啊……"

正崎点了点头,开始详细叙述起来。

"频繁拜访自杀者因幡信的那个人——安纳智数,他是自明党所属的众议院议员,确切来说是原众议院议员野丸龙一郎的私人秘书。"

"怎么偏偏是野丸的人。"

守永深深叹了口气。

野丸龙一郎,六十八岁,第十三届众议院议员,是现执政党自明党内的重要人物,此前曾历任国土交通大臣、国家公安委员长,目前担任党内干事长的要职,称得上是执政党的代表人物。

"是个大人物。"

"确实是大人物……现在又是敏感时期。"

守永伸手拿过放在桌子一边的报纸,"砰"的一声丢到正崎面前。

报纸的一整面都用大标题写着"选举战打响"，占据了近半版面的照片拍下的是一辆选举车，车上的男人一手拿着话筒，一手握拳挥舞。染得乌黑的头发梳成二八分，面部皮肤下垂，与年龄相称，然而他的神情活力满满，看不出一丝衰败。

男人斜挎在肩上的绶带上写着"野丸龙一郎"。

"连续报道了好几天，你大概也知道了，域长选举昨天正式开始了。最终的候选人多达二十二名，选举大战从第一天起就进入白热化，其中野丸的胜率很大，最有可能当选，这个时候私人秘书冒了出来……你懂吧，正崎。"守永用别有深意的眼光凝视着正崎，"阿格拉斯事件可能跟'新域构想'有关。"

守永的话似乎在探寻正崎的心理活动。

新域构想——

20 世纪 80 年代，为了缓解人口压力，以及城市职能过于集中在东京的态势，政府推出了"职能核心都市构想"。这一构想的内容是在东京近郊，重点打造新的城市，分担东京的城市职能。为此，1986 年和 1999 年，以横滨市为首的十一个城市，以及包括多摩市在内的四个城市先后被定为职能核心都市，与国土交通省共同进行城市的开发建设。

"新域构想"就是着眼于最终发展形态的超大规模都市计划，它把当前的东京都八王子市、多摩市、町田市、神奈川县相模原市整合到一起，改制为一都一县，形成占地六百平方公里的一体化地区。这一新型地区实际上就是"第二东京"，被赋予了远远超出中核市[1]及政令指定都市的权限，是有别于市、县、都制度的新型特殊行政区划，即"域"。

如此一来就诞生了新的地方自治体。

一个拥有两百万人口，以及足以媲美整个东京都区域面积的城市圈——"新域"。

为此举行的"新域域长选举"，正是在昨天才刚刚拉开帷幕。

"这是国内目前最受关注的大事。"

守永再次长叹一口气，靠在了椅背上。正崎十分清楚自己的上级想说什么。

域长选举中，执政党与在野党各自推举出本党的候选者，各个地方也有各自推举的无党派候选者，再加上以超高知名度为竞争筹码的艺人候选者，无数充作分母的泡沫型候选者，多方交织下呈现出混乱的竞争局面，目前很难预测出最终的竞选结果。为使这股热潮更加来势汹汹，各家媒体也都大肆开展选举宣传，不夸张地说，报纸、电视里的报道清一色都在讲域长选举。

面对这样的大事，执政的自明党竟然把在职的干事长、党内的核心人物野丸龙一郎推了出来。野丸辞去议员一职的当日就正式宣布参与域长竞选，身居执政党要职的野丸参与竞选一事成为爆炸性新闻。作为近年最大的政治活动——新域域长选举显露出非同一般的浩大

1　中核市，日本的行政区制，可拥有超出一般城市的权限。

声势。

如果在这个时候，野丸龙一郎爆出丑闻。

如果事态进一步发展到需要逮捕自明党干事长野丸龙一郎，届时大概就会引发惊天动地的骚乱，整个社会的关注度绝非阿格拉斯事件可以相提并论。这件事的影响力堪比 Recruit 事件 [1]，可能会成为特搜部历史上规模最大的高官贪污事件。

你有没有一力肩负起这件事情的觉悟呢？

这就是守永想问正崎的问题。正崎非常理解守永的担忧。牵扯到政界的重大事件不是一个小小检察官就能独立承担的，即便整个特搜部倾尽全力，也很难攻下这个铜墙铁壁的强大敌人。你有没有打响战斗第一炮的心理准备？守永用眼神询问正崎。

正崎的心中已有答案。

已经有一个人莫名其妙地死亡了，他的死疑点重重，仅仅这个理由就已足够，对方是谁无关紧要。

正崎看到了"恶"的迹象。

"没必要再问你了。"

守永似是放弃一般说道。正崎明白守永是对自己妥协了。他敬重

1　Recruit事件，战后日本最大的贪污受贿事件。当时日本Recruit公司的社长为了自家公司发展，将旗下分公司尚未对外发行的股票赠予高官及商界巨头。据报道，受贿人员涉及原首相中曾根康弘，当时的日本首相竹下登，以及后来的首相官泽喜一等约100名政治家。事件曝光后，竹下登内阁全体辞职。

这样的守永，也正因此才觉得，不辜负特搜部检察官的职责，才是对守永的唯一回报。

"话说回来，你也知道吧，目前能做的事还很少。"守永直起身来，"无论副教授的死亡真相是什么，最后大概都会按自杀处理。仅凭野丸的私人秘书曾经出入过这一点，还不能牵扯出更深的内幕，特搜部无法正式出面，这起案件会归到当地的警察署。"

"我明白。"

正崎尽力冷静地答道。守永的分析准确得当，没有可供反驳的余地。

特搜部拥有自主搜查权，却不意味着因此就能随意追查自己想追查的事件。就像调查阿格拉斯事件一样，只有具备了一定程度的确凿证据，特搜部才有出动的机会。

"这样吧，你和文绪两个人先行动起来。"

听到守永的话，正崎瞪大双眼。

他意外地看向守永。

"这样可以吗？"

"不太合适……不过阿格拉斯那边人手够用，你们就去调查这件事吧。要是找到了确凿证据，就交给特殊直告班[1]处理。"

"那真是太好了。"

"别再啰唆了……啰唆得我都不想让你去调查了。"守永目光下垂，看着桌上的报纸，"我也觉得这起自杀事件另有隐情，况且时间

1　特殊直告班，特搜部内设组织，针对特殊案件可直接提起控告。

也不多了。"

守永用手指着报纸上刊载的选举投票日期。当日开票，那就是说当天深夜就会决定首位新域域长花落谁家。

野丸龙一郎要是在投票前爆出丑闻固然是大事一桩，但万一他当选了，之后犯罪事实再浮出水面的话，问题就会更加严峻。只是无论哪一种情况出现，尽早展开侦查都是最好的选择。

"加紧追查速度，有进展直接向我报告。这件事我去跟副部长说。"

"是。"

正崎满怀谢意行了个礼，再没什么比有一位理解自己的上司更值得感谢的了。他折身往回走，脑中已经开始思考起侦查的事情。自己和文绪两个人还不够，可以找谁帮忙呢……

"正崎啊。"

即将走出办公室的瞬间，守永出声喊住了他。正崎回过身，看着信赖的上司。

守永的表情严峻而沉重。

"绝对不要擅自行事，这一点我想你应该明白。有什么进展要立刻向我汇报，行动时务必小心。我们还不清楚对方全貌，但对方难保不会使用什么特殊手段对付我们。正崎，任何时候都不要忘了，我们要打击的对手是谁。"守永泰孝把自己半生得来的经验传授给年轻的正崎，"是巨恶。"

5

东京地方检察厅所在的霞关一带尽是政府机关大楼，几乎看不到商店、餐厅的影子。下班后想去喝上一杯只有两种选择，要么去临街的虎门，要么穿过日比谷公园，走到有乐町或新桥一带。两边距离霞关一公里左右，步行很快就到了，但喝完酒回家的时候必须先折返回霞关站，稍微有点麻烦。

正崎并不排斥新桥一带昭和气息浓厚的古旧酒馆，反倒是虎门那边时尚现代的酒吧令他难以适应，提不起喝酒的兴致。他曾经对人美说过这件事，结果换来一句"阿善，你简直就是个老头子"。当时正崎准备反驳，却想不起来自己身上有哪点像年轻人，无奈败下阵来。

正崎走过晚间的日比谷公园，从日生剧场与帝国酒店之间穿行而过。进了 JR 闸口，眼前是一块写着"新桥方向近道"的破旧标牌。他走进高架下径直延伸的水泥洞口。

新干线高架下的"西银座 JR 中心"是一条兴建于昭和三十七年的商铺街，全长三百米，门面都是两层楼结构。据说新干线刚刚开通的时候，这里店铺众多，一派繁荣景象。然而时至今日，几乎所有店面已人去楼空，只剩几家年代感久远的小酒馆还在营业。

照着路面的荧光灯仿佛产自上个年代，正崎行走在冷清的街道上，只偶尔碰到几个往车站方向走的上班族。这里人迹寥寥，怎么看都不像是背靠银座中心的街区。差不多走到一半时，正崎看到了悬挂着红灯笼的酒馆。他掀开"虎铁"酒馆的门帘，走了进去。

店里只有两位客人。柜台里的老板正陪其中一个公司职员模样的中年客人聊天，另一个穿夹克衫，戴眼镜的男客人正在桌边豪饮。正崎走到他桌边。

"半田。"

"哦，你来了。"

半田有吉迅速喝完第一杯啤酒。

半田是正崎为数不多，甚至可以说是唯一的同龄朋友。两人就读于同一所大学的法学系，至今已有十几年的交情。

正崎在桌边坐下，点了啤酒。冰啤酒端上来的时候，同时还上了些菜，应该是半田先前点的。鸡肉、猪肉、鱼肉，满满的蛋白质。

"怎么全是肉，也得吃点蔬菜。"

"别像个老妈子似的啰唆……我喜欢吃这些，你就别管了。上班那么累，这可是我唯一的安慰了。哪像你，回家有漂亮老婆等着，有爱心餐吃着，大概也不需要在酒馆里胡吃海塞。阿善，你都不知道自己有多幸福。来，给我说说，平时回家都吃什么好吃的呢？"

"黏土做的面包。"

"哦。"

两人沉默下来，各自端起啤酒喝了一口。半田说了句炸鸡很好吃。

事实上，笨手笨脚的人美并不擅长做饭。但即便如此，她每天依然尽心尽力地准备餐食，以至于正崎在吃她做的饭时，总是心怀感激。只是每当回到家，看到那口圆筒形的锅时，他会不由自主地感到紧张。

II

正崎夹起了半田夸赞的炸鸡，确实好吃。

"说起来，咱们很久没这样了吧，阿善。"半田放下啤酒杯，眯着眼说道，"该有三年了……"

"上个月，你不是还喝得烂醉，闯到我家来了吗？没记性了？"

"不不不，我没说咱俩见面的事。"半田从桌边探过来上半身，"我是说，这三年来，你还是头一次主动约我。"

"原来是说这个。"

"我要是不找你，恐怕到死你都不会主动联系我……"

"我又没什么正事找你，就算有，反正你总会来找我，趁那个时候说了就行。"

"说得也是……不不不，话不能这么说，我们互相都应该多主动联系，维系感情，真正的好朋友应该是这样的。"

正崎慢悠悠地品味着啤酒，心想确实很久没出来喝过酒了。晚上在家吃饭的时候，他几乎都不怎么喝酒。

"你倒是说话啊！"

"你太吵了。"

"你就不能态度好点吗？"

半田哭着控诉道。正崎看得出来这家伙大概是太疲惫了。半田依然像喝水一般喝光了第二杯啤酒。或许是因为从学生时代起就喝酒，两人都锻炼出了超常的酒量。

"不说那些了。你今天找我这个朋友是有什么正事要说吧？"

"没什么事。"

"别装了……说吧……真是嘴硬……"

半田从公文包里拿出 A5 大小的笔记本和一支笔，像是刻意吐出了一口气。

"你今天找我这个记者，绝对有事。"

正崎点了点头。半田有吉是一名记者，目前供职于恒日报社。

念法学系的时候，正崎为实现自己当检察官的长久心愿，决心一定要通过司法考试。而同一年级的半田似乎志不在此，升入大四后，半田早早就拿到了进入报社工作的机会。那时正崎问过他，为什么还要来参加面向司法考试的学习小组，半田却说："你只有我一个朋友，太可怜了。"正崎当即拿着《六法全书》[1]揍了他一顿。

之后，正崎顺利当上了检察官，半田则成为社会部记者，两人之间的损友关系持续至今。正崎由衷地觉得，半田没去做常驻地方检察厅的司法记者，真是一件好事。

"我要是进了司法组，恐怕你也不会给我漏口风什么的。"

"我不能那么做。上头本来就严禁普通检察官和记者接触。"

"哎哟，现在不就在私下接触吗？完蛋了。"

"你刚刚说我完蛋了？"

"我可没说。"

"算你识相。"

半田又点了杯啤酒开口说道："阿善，你特意把我叫到这个地方，

1　收录了日本《宪法》《民法》《商法》《刑法》《民事诉讼法》《刑事诉讼法》共六大法典的法律全书。

是有什么大事要说吧？"

"是啊。"正崎也像半田一样，又叫了杯啤酒说道，"这件事的要紧程度不逊于'新域构想'。"

第四杯啤酒喝完后，半田的笔记本上已经写得密密麻麻。不知从何时起，他的神情也变得庄重起来。正崎所说的内容足以令他闻之色变。

"野丸正在参加新域的域长竞选，他的秘书曾与大学医院的一个医生往来频繁。这个医生自杀了，恰恰就在域长选举临近的这个时候……"

半田嘴角扯起僵硬的笑。

"怎么说呢……好像有什么了不得的大阴谋……"

"我也这么觉得。"正崎郑重地回答道，"如果这件事背后另有隐情，那么可能是有个人杀了医生，伪造成自杀现场。如果是集团规模的犯罪，那这件事背后可能还藏着更大的秘密。"正崎嘴上说着，心里还在不断思量。"只是照这么看，采用这种手法又太不合理了……"

因幡信的自杀现场浮现在他脑海里。特搜部经手的事件里出现自杀者并不稀奇，有人是因犯罪事实暴露无遗，经受不住压力而自杀，也有人是害怕被庞大的组织追责，以自杀逃避责任。

然而，所有这些自杀者里，应该还有不少人是"受人胁迫，被逼自杀"，正崎如此想道。

人一死，一切线索就都断了。死亡是一道横亘的顽固城墙，真相就消失在墙的那一边。"秘书担下一切罪责自杀身亡，议员毫发无伤。"这种宛如电视剧一般的故事情节，待在特搜部里的正崎早已在现实里亲眼得见。

然而那种情况下的自杀，只能按自杀结案，自杀者写了遗书，没有留下可供怀疑为他杀的余地。一个普通人只会按照正常情况选择一个恰当的方式实行自杀，一旦其中出现了破绽，死亡筑起的城墙就会从这个破绽开始崩塌，侦查活动就可能探测到城墙的内侧。

从这一点来看，副教授因幡信选择的自杀方法就过于刻意了。如果是有人想伪造自杀的假象，那这个方法就完全选错了。

"你大致讲一下情况吧。"

半田的话把正崎的思绪拉回现实。半田从包里拿出平板电脑，摆在了笔记本旁边。他用一只手熟练地输入搜索词，打开了恒日报社发布在网上的新域域长选举特辑。

"域长选举昨天宣告正式开始，包括充数的在内，最终的候选者发展到了二十二个人。不过有望当选的主力候选者终究还是锁定在那几个人中间。"

半田戳开候选者一览的页面，上面是报社根据自行标准，按竞争力从大到小的顺序排列的各位候选者。半田用大拇指和中指拉动画面，聚焦在前五名候选者身上。

【自明党·原众议院议员】　　　　野九龙一郎

【民生党·原众议院议员】　　　　柏叶晴臣

【无党派人士·艺人】　　　　　　青坂晃

【无党派人士·原相模原市议员】　　斋开化

【无党派人士·原东京都知事】　　　河野大辅

"大概就是这些人了。"半田说着，把平板转到正崎的方向。

"大热门无疑是野丸龙一郎，接下来是民生党的柏叶，艺人青坂紧随其后，第四位是地方上推举的斋开化，他是五个人当中最年轻的一个，如果选举大战的形势有变，他可能会后来居上。原来的东京都知事河野也有很高的知名度，但他毕竟上了年纪，斗不过这帮人的……"

听着半田的分析，正崎点点头。他和半田的判断大体相同，身为检察官，他多少会怀疑自己在这方面的见解是否会发生偏差，但既然半田这个记者也与自己意见一致，那想来是不会出错的。

"再说这个处在事件当中的野丸。"半田点击屏幕，戳中链接，跳转到野丸龙一郎的单人页面上，"现在正是选举大战的紧要关头，从宣告开始到投票之前的两周时间里，主要的候选者都在忙着到处宣传，连睡觉的时间都没有。也就是说，在选举大战宣告开始之前，候选者的行程就已经排得满满当当了，应对这种规模的选举需要准备相当长时间。"

"嗯。"

"秘书的工作自然也该堆积如山，无论是公家配备还是私人招揽，没有政治家会让自己的秘书闲着没事干。在工作如此繁忙的情况下，什么事情会让一个秘书抽出时间特意去见大学附属医院的副教授呢……你首先会想到什么？"

"健康出了问题吧。"

正崎发挥着自己的想象。半田也拿起钢笔，在摊开的笔记本上写下了"隐情"两个字。

"假设野丸龙一郎患上了某种病，而在竞选期间，患病的事情如果曝光会造成不良后果，他自然不能住院。于是，他通过秘书联系大学附属医院的医生，秘密拿药治疗……类似这样？"

"也就是说，因幡医生被杀是因为他可能会曝光野丸的病情……"正崎自言自语完，摇了摇头，"差点意思。"

"是不是还有说不通的地方？"

"因幡信是普通的知识分子，让他闭嘴的办法有的是，没必要非要杀人。况且他是麻醉科的医生，什么病不去内科，也不去外科，一开始就直接去找麻醉科？"

"一时半会想不起来……会不会是痛得受不了？"

"如果是这样的话，因幡已经死了，野丸现在应该正在忍受剧烈的疼痛，如果实在忍不下去又要找新的医生，就得再杀一次人。"

"可是政治家拜访医生的理由除了健康问题还能是什么呢……野丸龙一郎目前本来就是最有希望的候选者了，他当选的可能性很大，用不着做其他多余的事情，这样的人不会特意做出一些不利于自己的事情吧？"

"还有一种可能，只是可能……"铺垫完之后，正崎开口，"私人秘书安纳智数或许是出于个人原因接触的因幡信，与野丸本人以及域长选举没有任何关系。"

"要这么想，那缘由就多了去了。"半田喝光杯中剩下的啤酒，"想象是漫无边际的，现在信息不足，什么都无法确定。"

"半田，你说得有道理。"

"嗯。嗯？"

"现在的信息远远不够，需要尽量多搜集有用的信息。你说是吧？"

"嗯，是啊……应该是吧……"

"啊，我需要情报，真的需要情报，我想要情报啊，半田。"

"啊……"

半田一头扎在桌子上，发出模糊不清的哼唧声。

"……是要我去打探野丸身边的人吗？"

"这是你的强项吧。"

"可你又不让我报道。"

"我们是好朋友嘛。"

"阿善。"

半田举起空了的啤酒杯敲桌子。

"听着！我每天忙得要死！现在分到随时待命的机动组了，回去后还要帮着做这做那，连好好睡一觉的时间都没有！你还让我去追踪正在参与选举、报道满天飞的野丸！你知道自己有多过分吗？"

"你会帮我的，对吧？"

"帮！"

正崎理所当然地回了句"拜托了"。半田从来没有拒绝过正崎提出的请求，他也说不清为什么，似乎那就是好朋友该做的事。他自暴自弃地大口嚼着剩下的肉食。

事实上，有了半田的协助，搜查工作应该会有实质性的进展。报社记者拥有不同于检察和警察的人际网，能够拿到有关部门接触不到的情报。正崎感到自己似乎得到了一百个同伴的助力，但要把这话说出来，半田绝对会得意忘形，正崎于是决定无论如何都不能说出口。

之后的三个小时里，半田又喝了很多啤酒，然后坐上出租车再次返回公司。真想让文绪也学学这个工作态度。

6

翌日，正崎和文绪又一次去了多摩警察署。

一进大门，正崎就看到九字院站在自动贩卖机旁，一手拿罐装咖啡，一手摆弄着手机。九字院注意到他们，像个学生一样大大咧咧地举起一只手，说了句"啊，来啦"。真是个奇怪的刑警，正崎想。

他们边朝刑事科走边聊天。九字院三十二岁，与正崎同龄，职衔是副警部。他没有国家公务员 I 类资格证，这么看来晋升速度算是相对比较快的了。

"今天谢谢你们的帮助。"

"别别别，正崎先生，千万别说客套话。咱们是同龄人吧？那就怎么随意怎么来吧，不要弄得那么麻烦。"

"行，我能直接叫你九字院吗？"

正崎瞬间接受了九字院的提议，于是主动要求随意一些的九字院反倒惊讶地瞪大了眼睛。他笑着说："真是个奇怪的检察官。"

正崎和文绪被带到了刑事科深处。刑事科里没了前些天因为因幡信死亡一事来录口供时坐的那套家具，有的只是靠边摆放的折叠式长桌，桌边排着活动椅，与因幡信的死亡现场如出一辙，毫无保留地向正崎他们传达出自己已经不是客人身份的感觉。

"我们三个临时组个侦查小组？"

九字院摆出侦察资料的复印件，坐到了活动椅上。

"有特搜部的人当上级真是太好了，再也用不着事无巨细地请示警部了。"

九字院漫不经心的话语像是在开玩笑，又像是在说真心话，正崎唯有苦笑。

正崎是检察官，九字院是司法警察，两人都拥有搜查权。从刑事诉讼法的角度来看，两人是互为辅助的平等关系。但在实际情况下，检察官有权对警察做出指示，能够指挥警察协助自己侦查案件。就他们三个人来说，正崎是可以对文绪和九字院下命令的。

"如果需要特搜部的权限，你可以随意借用。"正崎看着拿到手的资料，嘴里说道，"我想，实际侦查的时候还是要分头行动，毕竟现在人手不足，时间也不够。"

"怎么分头？"

"野丸龙一郎那边我已经找人去跟了。"

　　正崎把拜托报社记者半田帮忙调查的事情告诉了另外两个人。一旁的文绪毫不掩饰自己的震惊。

　　"正崎先生，这样真的没问题吗？检察官可是不能和记者私下联系的啊。"

　　"半田是我大学时代的好友，我不清楚他目前的工作，不会有问题的。他大概是无业游民还是其他什么吧。"

　　"你刚刚不还说他是记者吗？"

　　"我说的是火车[1]，他长得像托马斯小火车。"

　　"您不要让那样的人参与侦查行动嘛……"

　　文绪无精打采地垂下头。正崎自然也不希望破坏工作守则，但在用自己的价值观衡量此次事件时，他发现比起守则，有些东西更值得自己遵守，因此才毅然打破了规则。文绪也清楚这一点，很快就放弃了自己的规劝。与正崎共同工作的两年时间里，文绪早已十分了解，话一旦说出口，正崎就绝不会妥协让步。

　　"野丸和域长选举那边就交给我朋友了，我们就在我们能够控制的范围之内展开侦查。"

　　正崎把侦查资料里的照片分拣出来。两张照片摆在了桌子上。

　　"死亡的因幡信，还有安纳智数。"

　　一张照片拍的是个戴黑框眼镜的男人，他就是自杀身亡的麻醉科医生因幡信。另一张照片拍的是个老人，他全白的头发梳得整整齐齐，眼角下垂的面容给人温和的感觉。这个人就是野丸龙一郎的私人

1　日语里"火车"的发音与"记者"相同。

秘书——安纳智数。

"如果要分头调查的话，我们这边肯定是调查这位吧。"九字院伸手拿过因幡信的照片，"自杀现场和大学附属医院都在我们的管辖范围之内，这两天倒是常往那边跑，不过还要再深入调查看看。"

正崎点点头，伸手拿过另一张照片。

"我和文绪去追查安纳那边。野丸的秘书包含公家和私人在内应该有十几个，我们没法清查完所有人，不过对付安纳一个应该是没有问题的。"正崎像是突然想起了什么似的，又回过头去看资料，"说起来，应该还有一个女人，她和安纳一起去过麻醉科室。"

"我们对这个人一无所知。"九字院耸耸肩，"登记本上没有她的名字，完全不清楚她的来历。我们暂时用'A'指代，可能就是个跑腿的吧。对了，监控画面拍到她了。"

九字院说着站起身，从桌子那边拿来自己的笔记本电脑。他打开电脑桌面上的一个文件夹，从杂乱无序的文件列表中找到视频文件，点击播放。

屏幕上放起了分辨率不高的视频，画面里显示出白色的墙壁与走廊，还有随意摆放的折叠桌。

"这是我们在大学附属医院拿到的麻醉学科室走廊处的监控录像，拍摄的角度不是很好，不过可以看到他们进去时登记的地方。"

沙沙的画面无声播放着，没过多久，身穿西装、一头白发的男人与便服打扮的女人就出现在画面里，九字院按下暂停。

"这两人应该就是安纳智数和A，这个角度看不清人脸。"

录像继续播放起来。安纳填完登记信息后，两人走进了科室。正崎不断回放这一段，仔细打量着两人的身影。安纳西装笔挺，完全就是一副政治家秘书的派头，与搜查资料里的照片如出一辙。与之相对，A则穿着一身随性的便服，浅色T恤搭配百褶裙，一头棕色长发，有街头常见的随意感。她与西装笔挺的安纳走在一起，不知为何会让人感到不舒服。或许是因为背挺得很直，A看起来个子很高，像一颗纤细的树。

九字院说得没错，斜后方的拍摄角度几乎看不清人脸，而即便监控正对着他们，以那样的分辨率，拍出来的人脸大概也是模糊不清的。

正崎凝视着A的背影。背影没有什么显著的特征，可提供的信息很少。

7

"新的地区需要新一代的力量！"

手机里放出了候选者的声音。

正崎坐在熄了火的汽车副驾上看新闻，驾驶座上的文绪斜睨着他。

"这人很年轻啊。"

"是无党派人士斋开化，二十岁的年纪，比我年轻。"

"是吗，厉害。不过，无党派人士可能获胜吗？"

"他以前是相模原市议员，在当地有民众基础，获胜也不是全无可能。"

正崎冷静分析着地方上的推举人选斋开化。他有自己的势力范围，应该会拿到一定票数，不过即便如此，比起自明党公推的野丸龙一郎，不得不说实力还是有差距。竞选如有胜算，应该就要看能拿到多少流动票，在这一点上，年轻的斋开化应该不难得到年轻一代的流动支持。

正崎看着画面里的男人。这个名叫斋开化的年轻候选者有着不逊于艺人候选者青坂晃的惹眼魅力。他脸型椭圆，五官端庄，细长的眼睛如刀削一般。如此风采即便不做政治家，也能拿来做演员。

有这样一目了然的优势，媒体对于斋开化的报道也都是积极正面的。要是运作到位，他或许能拿到逼近野丸的票数。

"这人看起来好像还不错，而且又年轻。"即便在身为男性的文绪看来，斋开化也是一个令人心生好感的人，"我想投这个人。"

"你不是选举区的吧。"

"话是没错——我的意思是如果要投的话。"

"别说没有意义的话，好好盯着外面。"

受了句训斥，文绪再次把注意力投向车外。

两人乘坐的车停在町田市政府旁的小巷里，离小田急线町田站很近。从这里能清楚地看到市政府旁边的那栋六层大楼。

野丸龙一郎的后援会办公室就设在那栋大楼里。

正崎与文绪自今早起开始追踪调查野丸的私人秘书安纳智数。早上，两人从安纳位于代代木上原的住宅出发，时而开车，时而步行尾随安纳。域长选举期间，安纳主要的工作地点似乎就在町田的后援会办公室里。两人把车停在能够监视办公室入口的地方，仔细盯着进进出出的人。

然而直到傍晚的这个时候，安纳智数依然没有显露出可疑的行迹。他的进出次数很少，不符合选举期间应有的频率。文绪靠在方向盘上，抬头望着大楼的窗户。

"这里是他们的办公室没错吧？"

"应该没错。后援会办公室和官方固定的选举办公室不同，可以开设好几个。这里应该是野丸的数家办公室之一吧。"

"现在可是选举期间啊！他们不应该再忙碌一些吗……啊，难道说，安纳其实没那么重要？"

"不，安纳是野丸所有秘书中资历最老的。野丸还是年轻的议员时，安纳就已经追随在他身边，到现在都有三十年了，他应该是野丸的心腹。"

"但他是私人秘书吧？"文绪歪歪脑袋，"要说议员秘书，官方的应该更了不起吧？"

"了不起"的说法不太恰当，不过文绪的言下之意大体上也没错。

法律规定国会议员名下需设三名官方秘书。官方秘书的薪酬由国家支付，除了起草政策条例之外，他们还要辅佐议员履行职务。

与之相对，私人秘书则是国会议员出于个人考量雇佣的秘书。私人秘书没有人数限制，其中既有身具专业技能的人，也有偶像一般的人，资深的议员雇几十个私人秘书也不是什么稀奇事。有了这种制度与实情之间的差异，文绪认为私人秘书无足轻重的想法也就很好理解了。

"不过，也存在一种完全相反的看法。"

"相反的看法？"

"官方秘书出入议员会馆工作。"正崎解释道，"他们常常围绕在议员身边，配合国会开展工作。换句话说，官方秘书是需要出现在公众场合的秘书。而私人秘书的工作完全随议员的心意来，议员可以指派他们干杂活，也可以把他们当司机。"

"就是不重要嘛……"

"多动脑子想想，议员可以指派他们做任何事情。"

听到这句话，文绪豁然开朗。

野丸为什么要让资深的安纳当自己的私人秘书呢，就是想把跟了自己三十年的忠诚下属放在一个不受约束的位置上。

"是想让他去做一些不能公开的私下勾当吗……"

正崎满意地点点头。

权谋诡谲的政治活动不能只靠光鲜的表面工作。对政治家来说，选举就是一场战争，要想赢得这场战争，任何政治家多多少少都得沾染灰色交易。

正崎想，像这种不能公之于众的私下交易，应该就交给了野丸多年的老搭档安纳智数。

安纳与麻醉科医生因幡信的接触，或许就是交易的其中一环。

"啊——"文绪心下叹服，吐出一口气，"不愧是正崎先生。"

"先说好，我说的不一定是事实。"

"不不不，肯定是这样。那就是说，那个看起来慈眉善目的老爷子暗地里其实做了很多想象不到的坏事……"

文绪的想象力朝着漫无边际的方向发散而去。不知他联想到了怎样穷凶极恶的犯罪行为。

"听我说，野丸在成为域长候选者时就卸任了议员，他的官方秘书就还是原来那帮人。现在这些人都相当于他的私人秘书……快看。"

正崎透过前窗玻璃定睛往外看，反应过来的文绪也注视着窗外。

身穿西装的老人出现在后援会大楼的入口处。文绪架起手掌大小的单筒望远镜，查看这个人的面容。

"是安纳。"

"很好。"

正崎缓缓下了车，他迈着不致引人注意的正常步调跟在安纳身后，与安纳隔开了一定距离。他边走边扯出连着手机的耳机线，拨通了车内文绪的电话。

前方的安纳走到大楼边拐了个弯，正崎稍停一会儿，也拐了个弯，看到安纳坐进了五十米开外停车场里的一辆车。正崎折身往回走，对着话筒轻声说道："安纳没有回家，他上了一辆车，跟上去。"

8

安纳开的那辆车从町田高速公路入口驶入东名，朝着东京的方向远去了。窗外的景色逐渐从傍晚转向黑夜，文绪打亮了车前灯。

"走这个方向……是想回永田町吗？"

"那太好了，我们等会回家也方便了。"

"啊？等会还能回家吗？"

"你觉得呢？"

"我就说嘛。"

在高速公路上行驶了大概二十分钟后，安纳的车通过池尻出口下了高速，接着就开上了山手大道，朝中目黑的方向而去。汽车在大道上转了个弯，拐进了一条小巷。

在深处的小巷上开了一会儿，安纳的车打亮转向灯，拐了个弯，随后驶入一栋小型公寓一楼的停车场。

"正崎先生，我们接下来怎么办？"

"开到那里去。"

正崎指了指公寓楼斜对面的一家投币式停车场。文绪把车开进去停好，特意没有完全开进停车位，这样做不太对得起停车场主人，但想随时再走，就只能先这么停着。

从投币式停车场可以远远望见公寓楼停车场里的情形。正崎透过望远镜，把公寓楼细细打量了个遍。

公寓楼占地狭小，共有七层，呈细长形状。整栋公寓似乎是以单间为主要房型，一楼的停车场仅能容纳四辆汽车。望远镜圆形的视野里可以看到依然坐在车里的安纳，他正用手机打着电话。

大概五分钟后，入口处的大门打开，一个人影闪进了停车场。正崎通过望远镜细细观察着人影。

"是个女人，很年轻。"

文绪也拿起自己的望远镜观察那个女人。

"那个人……好像不是'A'？"

正崎又一次细细观察起女人的样子来，确实如文绪所言，人影似乎并不是他们昨天在多摩警署的监控里看到的那个女人。她的个子看起来稍矮一些，身材纤瘦。最重要的是，人影显然留着一头短发。

再看穿着，人影穿了件偏白衬衫，一条膝盖以上的A字裙，看上去年纪不大，给人一种小动物般的感觉。只看外表，她似乎比A年轻得多，大概二十岁左右的样子，说不定还只有十几岁。

少女走近安纳车旁，直接坐到了后座上。

文绪透过望远镜瞧着，不禁"哇"了一声。

"正崎先生，那个女孩好像长得挺可爱的，不，是非常可爱啊。"

"说点有用的。"

"嗯，那女孩很年轻，可能是个高中生……啊，车打响了，要开走了！"

安纳的车缓缓发动，驶出停车场，向着远方开去。文绪挂挡，再次跟在安纳那辆坐进了一名少女的汽车后头。

9

汽车经中目黑穿过广尾，向六本木的方向开去。六本木大厦耸立在夜空下，安纳的车开过大厦楼下六丁目的十字路口后，驶进了一条小巷。

车在一栋充满日式风情、约有四层楼高的建筑前停下，安纳和少女走下车，按响后门处的电话对讲机。安装了数字键盘的肃穆大门左右拉开，两人走了进去。

坐在车里，目睹了一连串过程的正崎悄声嘟囔道："门关了。"

"是'碳井'啊。"

"你知道这家店？"

"这是家日式餐厅，之前调查另一起案件的时候，我监控过这家店。它的房子前后各有一扇门，两个人合力才能撞开。"

正崎让文绪看车，自己一个人走到餐厅外侧转了一圈。

餐厅正面，看起来十分名贵的格子大门紧闭着。玄关对面有一家与"碳井"风格搭调的意式餐厅，餐厅窗边摆了桌椅，那边可以监控"碳井"正门处的情形。

正崎走进店里，对店主出示证件，告知自己正在查案。他道明事情原委，让店里给他安排一个靠窗的座位。从店里往外看，这里果然是理想的监控场所。落座后，正崎先点了两道菜，提前结好了账，方便随时离开。

正崎把耳机塞进耳朵里，联系在背面入口看守的文绪。

"盯好进出的人。"

"没问题。"

文绪响亮的回话声回荡在正崎耳边，电影情节一般的追踪行动似乎点燃了他的热情。正崎在不安中切断了通信，手机界面上显示目前的时间是十九点四十分。

那两人进了"碳井",大概还要过段时间才会出来。正崎这么想着,开始在脑海中梳理起目前掌握到的线索。他必须推理出案情的走向,以及时应对接下来出现的情况。

日式餐厅"碳井"是政商界的御用餐厅之一。它兼具六本木中心地段的便捷与背阴小巷的隐蔽,是进行秘密会谈的首选场所,受到众多政治家、企业家的青睐。不必说,这里还有着专业而严密的顾客信息管理制度,就算是检察官要求餐厅提供有关人员的密会信息,一般情况下,餐厅也不会透露具体内容。过去找餐厅协助调查时,特搜部也只能查看入口处的人员进出情况。

不过,"人员出入情况"正是调查密会时最重要的线索来源。

安纳智数要见的究竟是谁呢?

正崎心中思索着,这位私人秘书选择在高级日式餐厅里与人会面,想来对方的身份不会比安纳低,那就应该是身份高过安纳的人,如此看来,安纳必定要先于对方抵达会面地点。也就是说,安纳要见的人很可能会在之后现身。正崎精神一凛,更加专注地凝视着窗外的玄关。

十分钟后,巷子里驶来一辆豪华的黑色轿车。正崎即刻警醒,从怀里拿出数码相机。相机体型小巧,不过有高倍光学变焦功能,坐在店里也能清晰地拍到对方。

车门打开,司机先下了车,随后恭敬地打开后排车门。

身形圆润的男人走下车,像是一颗球滚了出来。

男人在衬衫西裤外罩了件马甲,体型与不倒翁如出一辙,整颗脑袋上只有头顶还残留着些许头发。正崎调整焦距,拍了几张男人的全身像和脸部照片。圆滚滚的男人穿过玄关，走进"碳井"，司机把车开走了。

正崎给文绪打了个电话，告诉他有个体型滚圆的男人进了餐厅，接着又操作手机，把刚刚用数码相机拍摄的照片无线传输进手机里。他选了一张最清晰的面部照片，添加为邮件附件，打上简洁的文字后迅速发给了半田：这人你认识吗？

不到五分钟，半田的回复过来了。

回复内容在某种程度上恰巧应和了正崎的预想。

"这是东京建筑业协会会长地岛晋造，手握东京选区的大量选票。"

看完邮件，正崎眉头紧皱。

显而易见，发生在自己眼前的是一桩域长选举的幕后活动。

建筑业协会是由全国建筑从业者组织形成的社团法人，旗下企业总数多达两万。东京建筑业协会是其中的一个小团体，囊括了东京地区的两百七十家建筑公司，这些会员公司的所有员工及其家属都将是选票的重要来源。

拿下了东京建筑业协会的领头人，就能将新域选区内东京都、多摩、町田、八王子的建筑行业从业人员握有的选票尽数收入囊中。如此一来，域长选举的天平必定会向野丸一方大幅倾斜。

看来，此次会面应该是野丸一方为向东京建筑业协会会长地岛求取行业选票而发起的。当然，选票不会因为他们提出了请求就跑到他们手上，野丸那边必定还给出了投靠己方的巨大好处和值回选票的利益。若非如此，双方之间不会达成一致，其中必定存在利益交换。

正崎脑海中闪过"收买"二字。

托人汇集选票，以及由此产生的收买行径一旦坐实，无疑就违反了公职选举法。显然，此时的"碳井"里正有人在密谋这些事情。

一桩犯罪活动正在特搜部检察官正崎的眼前上演。

现在立刻冲进去，直接控制交易现场，遏止他们的恶行！正崎在心里呼喊着。

但他不能这样做。

"可恶……"

正崎握紧拳头。

现在行动为时过早，线索、证据，什么都不够。

野丸他们肯定是有心收买建筑业协会，但他们给出了什么样的回报，眼下还不清楚。是钱、物，还是更加巨大的权力，未来可以大行其道的方便之门呢？用于交换的代价有无数种，反之，正崎根本无法断定他们当下是否会达成具体交易，即便强行闯进去了，应该也很难制裁安纳和地岛。仅仅是会面还无法对他们问罪。

特搜部存在的目的就是查明、打倒这种复杂的犯罪行径。

要是遵照正当程序，通过强制搜查收集证据，哪怕对方是野丸龙一郎这样的大人物，特搜部照样也能提起诉讼。然而现在还没到特搜部出动的阶段，正崎区区一个检察官，再怎么拼命奔走也不会损伤野丸分毫，这个有权有势的恶人肯定能逃脱罪责。

正崎深吸一口气，又缓缓吐了出来。

正崎刻意整理着自己的思绪，他心里清楚，再怎么焦躁也无济于事，自己终归是打头阵的先锋，搜集足以出动特搜部的证据才是目前的职责所在。一旦出动了特搜部，自己也好，守永也好，特搜部所有的检察官与事务官都将能够尽情发挥不负日本最强搜查机构之名的强大权力。在此之前，不打草惊蛇，先让野丸集团毫无警觉地继续活动才更有利于调查。正崎告诉自己，这是必经程序。

如此这番思考下来，他的心情终于恢复平静。就在这个时候，手机震动起来，是文绪打来的电话。正崎按下耳机上的按钮，接通电话。

"正崎先生！安纳从后门出来了！"

"什么？"

正崎下意识地看向手机上的时间。地岛进去不过十五分钟，这场会面未免结束得太早。

"只有他一个人吗？"

"就安纳一个人，他好像要坐车走了，怎么办？"

正崎必须当机立断。如果要追踪安纳，他就得尽快回到车里，可现在出来的只有安纳一个人……

也就是说，地岛和安娜带来的那名少女现在还留在餐厅里。

正崎做出了决定，两成靠的是逻辑与经验，八成靠的是自己的直觉。

"盯紧地岛和那个女人，继续等待。"

手机上的时间走到了二十一点半。

安纳离开一个半小时后，"碳井"的正面玄关有了动静。送地岛过来的那辆黑色轿车再度驶回，开到了玄关前，司机站到后排座椅边等待地岛。正崎向文绪转达了现场情况，拿出相机准备拍照。

大门打开，滚圆的男人现出身形。

从正面看过去，男人的体型更显臃肿，大腹便便的样子一看就没有做过任何运动。比起不倒翁，男人看起来更像是做成貉子造型的摆件。出来的正是东京建筑业协会会长地岛晋造。

地岛肥胖的身躯完全盖住了另一个人——他身后还跟着安纳带来的那名少女。

正崎拿起相机，先拍了几张全景照，接着调整焦距，拍下了地岛的脸。地岛看起来兴致很高，肥大的嘴巴无意识地松弛着，也不知道喝了多少酒。正崎拍下几张难以入目的脸部照片后，又将相机对准了她身后的少女。

少女的脸占据了整个相机屏幕，她微微低头，不过还是能看出长相，果然是个相当年轻的姑娘，文绪说她十几岁似乎并非玩笑。正崎连连按下快门，过程中自然也看清了少女的表情。

身为特搜部检察官，正崎在历来的搜查活动中已经接触过众多嫌疑人，经历过无数传唤调查，甚至是审讯。嫌疑人中有人选择坦白，也有人选择撒谎。可以说，参与犯罪行为的人原本就是那种满嘴谎言的人，与这种人打交道的丰富经验无疑培养了正崎读取他人面部表情的能力，所以，正崎现在同样读懂了少女的表情。他的视线调转到少女身上没多久就一眼读懂了所有信息。

II

那个少女在害怕。

司机打开后排车门，先让少女上了车，接着是地岛。汽车开动了，正崎走出意式餐厅，文绪的车瞅准时机行驶过来。正崎快速上车，对新的对象展开追踪。

黑色轿车离开六本木，行驶在首都高速公路下方。

驶离"碳井"后，不到十分钟，汽车就在溜池山王站前调了头，刚调完头就向着侧道边立了块停车牌的停车场里开去。这里距离正崎上班的地方不到两公里，是赤坂一带有名的地标。文绪把车开到前边的道路上。

"这里是……"

文绪透过车前窗抬眼往上瞧。正崎让文绪跟着地岛的车开进去，不过在下达这句指令的时候，他心里清楚，追踪行动已然结束了。

两人的车驶入通往停车场入口的宽阔道路上。

然而前方地岛乘坐的那辆车往地下的方向开过去了，没有进停车场的正面入口。文绪本来也准备跟着他们开下去，可这时一名引导员走到车前拦住了去路。正崎知道前方是什么，那是隐蔽的特殊入口，是仅供 VIP 通行的秘密后门，直通其他楼层。

要是亮出检察官的身份，他们或许可以借着调查的名义继续通行，然而正崎没有这么做。就算不跟过去，正崎也清清楚楚地知道地岛与野丸集团进行了怎样的交易。过后才反应过来的文绪愕然地握着方向盘。

东京建筑业协会会长地岛晋造与安纳智数带来的少女一同走进了

东京湾洲际酒店。

10

办公室里气氛凝重。

晚上十点多回到地方检察厅后，正崎与文绪将今天的调查结果整理成了书面文件。文绪一言未发，整个办公室静得离奇，只剩鼠标的点击声清晰可闻。

正崎突然停下手头的工作对文绪说："我在半路上就想到了。"

听到这句话，文绪皱起眉头。他的神情孩子气十足，应该是想回应些什么，却又不知说什么才好。

"政治和美色永远不可分割，就像和金钱一样。"正崎冷硬地说道，"因为政界是根深蒂固的男权社会。不只政界，商界、官场都是如此。日本社会以男性为中心，其中就必定存在色欲，女人因此就具备了交易价值。"

"我懂。"文绪的语气有些冲。他的焦躁不是因为正崎，那是因为什么呢？文绪自己也在探寻。

"可是……可是……"

正崎静静等待着文绪理清思绪。

短暂的混乱过后，文绪扣住自己的电脑液晶屏，慢慢转到正崎面前。

"这个女孩是不情愿的……"

屏幕上显示的是正崎拍下来的少女照片。

即便不像正崎那样熟知表情解读，对着这张照片，任何人也都能轻易看出，少女毫无喜悦或期盼之情，她低垂的眉眼，耷拉下来的嘴角，传递出的尽是畏惧与嫌恶。谢顶的中年男人地岛站在少女身旁，脸上露出了丑恶的笑容。

看起来似乎还未成年的少女，被当作选举工具送给了有权有势的人。

不只是文绪，任何人看到这张照片都会心生不忍。

"发生这种事情……正崎先生，您一点感觉也没有吗？"

文绪仿佛下一刻就要哭出来一般，问正崎是否无动于衷。

正崎沉默着站起身。

他绕过办公桌走向门口，文绪不安地看着他突如其来的举动。正崎就那么离开了办公室，然而不到两分钟，他又走了回来，其中一只手里提着六罐啤酒。

"我从大岛检察官的办公室里拿来的。"

正崎取出一罐扔给文绪，把剩下的啤酒胡乱放到了待客用的桌子上。

他一屁股坐进沙发，把腿架在了桌子上。

"文绪。"

"您，您说。"

"今天，安纳智数和地岛晋造犯下了罪行。这些人违反公职选举法，企图非法收集选票，公然收买人心，还把一个无辜的女人牵扯进这场交易中。这些恶行竟然就活生生地发生在我眼前。"

正崎瞪着想要杀人一般的眼睛低喃道："罪不可赦。"

"正崎先生。"

"我要掐住他们的脖子，在审讯室里把他们逼到痛苦求饶为止。"

正崎挑起嘴角，向来肃然的脸上露出了恶魔般的微笑。

"正崎先生，您这样子太可怕了……小孩看了会吓哭的。"文绪终于也流露了笑意。

"啰唆。今天完工了，你也来喝。"

"嘿嘿……"

正崎拉开啤酒罐，文绪也坐到了沙发上，两人咕咚咕咚地喝起酒来，各自喝光了一罐。他们没有下酒菜，只能干喝酒，不过在政府机关的办公楼里，能喝酒就算不错的了。

"掐住他们的脖子……"

"要如何击破他们才能成功起诉野丸龙一郎呢？"

"现在已经有突破口了。"

"嗯？真的吗？"

"野丸身边聚集的都是熟知选举的专业人士。"正崎放下啤酒罐，探身向前，"那群人暗地里不知道干了多少违反选举法和私相授受的事，他们很清楚怎么做才不会引火烧身。安纳是个经验老到的秘书，他的交易对象地岛也不是一个简简单单就能拿下的人。对方心思缜密，我们特搜部很难找到突破口……不过，一旦有外行混入其中，漏洞就出现了。"

"啊。"文绪张大嘴巴。

"今天的那个女孩子……"

"就叫她'B'吧!"正崎给姓名未知的少女起了个代号,"看她刚刚那张照片里的表情就知道,她不是专门做那个行当的。简简单单就能买下的女人不会被当作贡品。她还没熟悉安纳他们的世界,我们的突破口就在这里。"

"确实如此,如果能拿到这个女孩的口供,我们就会取得很大进展,毕竟她就是被交易出去的人,可是……"文绪忐忑地看向正崎,"她会配合我们吗?"

"请她配合不容易,这个人显然是受野丸集团掌控的人,眼下也不清楚她和野丸之间有什么样的利害关系。对女人有好处的东西,可能是金钱、工作、进入娱乐圈的机会等等,假如野丸对她许下了这些好处,她也许就是心甘情愿做这件事的,这样一来,别说协助调查了,就连我们这边的动向可能都会暴露给对方。"

"得完全靠运气啊……"

"这是我们唯一的突破口。我们接触她的机会或许只有一次,要抓住机会,把她拉到我们这边来。为实现这个目的,我们必须先掌握这个人的相关信息,幸好今天跟踪后查到了她的住处。明天我们兵分两路,分别去调查安纳和这个女人。"

"让我去吧!"文绪往前探出身子,"这个女人就交给我吧。"

见文绪想去调查女人那边,正崎本打算出声调侃几句,然而看到文绪的眼神后,他闭上了嘴。文绪的眼神纯净坦率,没有丝毫调笑的意味。他去调查少女，只是单纯想解救她而已，并不是冲着少女可爱的容貌去的。

"不要太过感情用事。"正崎也认真回应道，"形势不对就立马抽身，一旦露出马脚，一切就前功尽弃了。"

"我知道。"文绪重重点头。正崎打开第二罐啤酒，向文绪传授起跟踪时需要注意的地方。正崎并不是跟踪调查的专家，但他心想，自己从过往经验中总结的少许注意事项总归还是能帮到文绪。

话到中途，文绪突然嘿嘿笑起来。

"别笑得这么恶心。"

"我高兴嘛，正崎先生教了我这么多。"

"别说这些恶心人的话。"

"您啊，就是有点傲娇，傲娇检察官。"

"……"

"对不起，实在是对不起！"

文绪像只小猫一样蜷进沙发的角落里，然而没过多久又贴着沙发爬回到中间来。

"那个，您能听我说个事吗？"

"要是又来恶心人的，你该知道有什么下场。"

"不会不会……嗯，其实呢……"文绪扭怩了一阵，开口说道，"我在想要不要考个特任检察官。"

正崎瞪大眼睛，嘴巴还贴在易拉罐口边。

检察官分"正检察官"和"副检察官"两种。

正检察官是指通过司法考试，结束司法见习期后当上检察官的人。与之相对，副检察官是指在担任了一定期限的检察事务官之后，通过检察厅的内部考试，进而升职当上检察官的人。

正副检察官的工作职责没有差别，只是实际经手的案件类别会有所不同。副检察官通常都在地方上的小规模区检察厅里处理盗窃、伤人、违反交通规则等性质相对轻微的案件，正检察官则负责杀人、集团犯罪等重大案件。不过，这种分工方式并不是固定不变的，地方检察厅的正检察官人数不足，因此副检察官也需要办理重大案件，这种情形已成常态。

在这种情况下，副检察官履职三年以上，再通过内部的高难度考试后就能成为特任检察官。特任检察官身居要职，工作内容与正检察官一般无二。对没通过司法考试的检察事务官来说，这是一条理想的升迁路线。

"你发烧了？"

"才没有。"

"等等，这要是发烧说的胡话，我或许还能理解。"

"正崎先生真过分，实在是太过分了。"

正崎也想给出建设性的意见，然而能称之为建设性意见的标准太过严苛了。特任检察官的门槛很高。都说内部考试的难度和司法考试一样大，但全国有正检察官一千九百名，副检察官九百名，事务官九千名，其中特任检察官仅有五十名，从这件事上也可以看出，内部考试究竟有多难。

"听着，重要的不是结果，而是回首过往时，你会不会为自己感到自豪。"

正崎尽最大努力说出了自己的建设性意见，文绪的神情古怪起来。

"正崎先生，您不希望我成为检察官吗……"

"不是……你刚和我搭档的时候，不是说了要去事务局，不想当副检察官吗？"

正崎想起了两年前文绪刚开始和他搭档的时候。当时的文绪比现在更不着调。现在的文绪依然每天都想早早下班，但却没有过去那么漫不经心了，他过去对待工作的态度，往好了说叫精明，往坏了说就是轻慢。

是从什么时候起，他开始像今天一样，对涉案人员移情了呢？

"哎，之前我是真的讨厌当检察官。"文绪感慨道，"尤其是特搜部检察官，我打死也不想当。"

"当着特搜部检察官的面说这个，挺有胆量。"

"因为他们真的太过分了……我刚当上见证员的时候旁听过东云建筑公司渎职事件的讯问调查。"

"嗯……"正崎点点头，那时的他还没有调进特搜部，不过也对特搜部当时的行事风格有所耳闻，文绪想表达什么不难想象。

特搜部从前的强制搜查有"故事主导"之称，颇具讽刺意味。事件发生后，往往是上层领导给出事件梗概，告知下面的人发生了什么样的违法行为，再命令办案人员通过审讯拿到相应的口供。早在审讯开始之前，供认书里就已经写好了"当事人的详细供述"，之后只要让当事人承认口供无误，签字画押，审讯就算结束了。为了逼当事人在供认书上签字，特搜部检察官会在密闭的审讯室里施加各种暴行。

不过正崎认为，过去的那种做法不该受到全盘否定，他相信，无论过去还是现在，特搜部揭露罪恶的信念始终如一。

"恶人擅长说谎，正面进攻可能无法取胜。"

"我明白，有些时候必须采取那样的方式，很多真相也确实因此才天下大白……可在这样的趋势下，大家最后都做过头了，渐渐放弃了思考。我就想，反正我也不是检察官，我就当一辈子的事务官，这些事情和我没有半点关系。可是……"文绪接着说道，"和您做了搭档后，我才回想起一件事。"

"什么事？"

"检察官是正义的伙伴。"喝了三罐啤酒的文绪顶着醉脸说道，"揭露罪行，逮捕罪犯，守护正义，这些都是现实中可以做到的事情，而我把它们忘得一干二净。所以……"文绪挠挠头，"我想成为和您一样的检察官。"

正崎流露出仿佛是看见了什么恶心玩意儿一般的眼神。

"您别露出这种受不了我的眼神！"

"你自己其实也觉得恶心吧？"

"完全没有！我真的受到了很大的触动！您的下属可是正在向您倾诉工作热情呢！"

"那从下次开始，我看多少物证，你就跟着看多少吧，没看完不许回家。"

"其实我是想当守永部长那样的检察官。"文绪说。

正崎把易拉罐对着他扔了过去。

两天过去了，正崎和文绪在各自的盯梢对象身上花费了整整四十八个小时，却都几乎一无所获。

安纳一直过着在町田的后援会办公室和自家之间两点一线的生活。办公室门口依然少有人进出，安纳自己也没有出门见过谁，行迹正常。

B那边的收获则更是少得可怜。文绪彻夜守在B位于中目黑的公寓边，却再没见B出来过一次。

"B今天一整天依然没有进出过。✉"

正崎看着文绪发来的汇报邮件，邮件最后加上的信件图标寓意"文"，是文绪给自己弄的署名。正崎说过很多次，这样不够严肃，让文绪不要再用了，可文绪却固执地一用再用，最后还是正崎认输了。

正崎收起手机，靠在汽车方向盘上。透过前窗玻璃可以看到安纳所在的后援会办公室里的灯光。到十一点还没动静就该回家了，正崎正这么想的时候，大楼出口出现了安纳的身影。

安纳走去的方向不是停车场，而是车站，看来今天又要一无所获地回家去了。为防万一，正崎还是下了车，跟着安纳一直走到车站。看到安纳过了检票口，正崎吐出一口气，今天的盯梢到此结束。

他回到停在路边的车里，挂挡点火。

车载导航显示出回检察厅的路线，正崎发动汽车，选了条稍微有点绕的路线，没有跟着导航走。

汽车从町田出发，沿国道十六号线向西行驶，快到桥本站时左转，开到一条崭新的道路上，随后停在了整齐干净的双车道路边。

正崎走下车，看着眼前的巨大建筑。

他的视线在光可鉴人的大楼表层一路逡巡上移，抵达顶点时，脖子已经快仰成九十度了。正崎知道楼层很高，没想到站在楼下往上看的时候，这种高度还是超出了自己的想象。

这是新域政府办公大楼。

正式名称叫新域总部政府办公大楼，是以大型建筑公司为首的共十六家公司协同修建的超高层建筑，共八十层，高达四百二十米。就楼层来说，它在日本自然是首屈一指，即便从整体建筑的角度来看，它的高度也仅次于东京天空树，是位于新域中心的地标性建筑。

大楼的外观极具特色，底部的一到二十层呈六边形，再往上是七座六十层的塔楼，它们呈七角形分布，直指天空。七座塔楼靠廊桥连接在一起，但每座塔楼的三十层往上都是完全独立的空间。媒体给这种前卫的设计起名为"七指爪""门松[1]"等，不过正崎觉得，塔楼一共有七座，看起来根本就不像门松。正崎以前在网上看过新域政府大楼的设计图，他记得被七座塔楼围在中间的部分是长长的楼梯井，

1　门松：日本过年时摆在门口的松枝装饰品，中间一般会插三根竹筒。

一直连通下方的六边形楼层。据说楼梯井还穿过了地下层，下陷在深处，看不到尽头。听人说这种甜甜圈造型的建筑结构抗震性能好，不过正崎不是专家，对此了解得不多。

正崎倚靠在车边，仰视着刚刚完工的崭新大楼。

新域政府大楼的竣工仪式已于两周前结束，现在应该正在加紧布置内部，好赶在选举结束后投入使用。时间已近凌晨，大楼里还亮着星星点点的灯光。政府机关的人应该不会工作到这个时候，而即将入驻下方六边形楼层的商场相关人员就说不准了。

大楼底部的一到二十层是购物商区，预计将在大楼投入使用的当天同步开业。七座塔楼的顶端都建有超高层园林"阿米提斯"。这座离地四百二十米、被巨大的玻璃围在中央的观景园林俨然就是当代巴比伦空中花园，有望成为吸引众多游客的一大观光景点。兼具美观、功能性与引流能力的新域政府办公楼及其周边建筑群，是新域构想里的绝对核心标志。

这里是新域的象征，权势的象征，力量的象征。

有人想将这一切尽数收入囊中。

有人对新域域长的位置虎视眈眈。

当上新域首脑的人，自然有资格坐到这栋庞大高楼里最高的那把椅子上，有权利从空中园林俯瞰自己的领地。在选举中拔得头筹的新域域长，可以尽情享受这一切待遇。

然而，如果选举中存在猫腻，那就另当别论了。

卑鄙小人不配做新域域长，担不起空中园林之主的名头。正崎必须在虚假的王诞生之前，荡清一切恶行。

他仰视着眼前的通天塔，心中思索着今后的调查方向。

安纳那边毫无动静，得尽快查出 B 的身份了，可他们现在还不知道 B 的名字，甚至都不清楚她究竟住在公寓的哪间房里，唯一的线索只有手里的照片。文绪已经借着调查其他案件的理由走访了公寓里的所有住户，却依然没有打听到关于 B 的任何消息。有可能那里是野丸的人给 B 安排的公寓，不是 B 本人的家。

该怎么办呢？正思考着的时候，放在兜里的电话响了，屏幕上显示着"九字院"，正崎接起电话。"晚上好啊。"九字院向来不羁的声音传了出来。

"这么晚打给你，打扰了。我有些事想和你谈谈，还有东西要给你看，咱们找地方见个面吧！"

"我现在正好在桥本。直接去多摩警察署找你。"正崎说完就驱车离开了。

12

九字院邀正崎一起去吃饭，两人进了家二十四小时营业的家庭餐厅。现在是工作日的深夜时分，餐厅人数寥寥。饮料吧台的咖啡味道不够正宗，正崎心想，明天再让文绪给自己冲好喝的咖啡好了。九字院正往冰红茶里加第三份糖浆，奶已经放了六份。

"这还能喝吗？"

"你也可以试试，能醒脑。"

正崎知道这么喝可以摄取糖分，关键是在那之前究竟咽不咽得下去。

"因幡副教授那边的调查渐渐有了点眉目。"九字院开始谈起案情，"我们汇总了学生们的反馈，他们说因幡每天都在医院待到很晚，估计是在对着电脑处理文件。不过他没让学生帮忙，所以也不知道具体是在做什么。"

"不让学生插手的秘密工作……工作内容是关键啊。"

"没错，我们要弄清楚因幡究竟隐瞒了什么。你看。"

九字院从包里拿出轻薄的笔记本电脑摆在桌上。

"这是因幡的电脑。"

"被你们扣押了？"

"话可真难听，是他们主动给的。我说了事情的详细经过，教授和因幡的家属二话不说就借给我了。"

正崎想起了之前见过的那个畏畏缩缩的麻醉学科室教授。凭九字院的伶牙俐齿，就算没有官方文件，应该也很容易让秉承着多一事不如少一事原则的教授提供配合。

"这里面好像有关于因幡工作的详细记录，但被密码锁住了。"

"没办法打开吗？"

"我们这边不好操作。本来是可以交给专业部门的，但是这个案子还处于小范围搜查阶段，可能会被专业部门延后处理，这样就浪费了时间。所以我就想着是不是能交给特搜部来破解。"

"特搜部遇到这种事情需要找 DF……"

DF，digital forensic，数字取证室，它是特搜部内专司电子设备和电子数据的部门。forensics 有"法医学"和"科学侦查"的意思，DF 多数时候被解读为"数据鉴定"。近年来，随着纸质扣押物数量减少，电子版证据增多，DF 室的重要性与日俱增。

正崎思考着把电脑拿去 DF 的可能性。DF 室如今正在检查阿格拉斯事件中扣押下来的大量电子设备，人手应该十分紧张，不过多加一台电脑，问题应该不大……

"知道了，我们来想办法。"

"太好了。"

点的菜上来了，接下来是九字院询问正崎那边的进展。两人边吃边聊，正崎说了自己目前掌握到的一系列信息，包括野丸集团为拉拢选票送上年轻女孩的事。听正崎说这件事的时候，九字院依然是一副漫不经心的表情，大概是在自己的辖区里听多了比这还要令人厌恶的事情。

"你是说，秘书安纳是野丸龙一郎手里的一支暗箭？"

正崎点点头。九字院的理解能力很强，实在让人省心，要是特搜部也有这样的同事，自己大概会轻松许多。

"我也很想把安纳揪出来严办，但现在掌握的证据还站不住脚，贸然行动只会放跑大鱼，我准备再盯他一段时间。"

"你们说的 B 是什么人？"

正崎从包里拿出照片给九字院看，九字院也拿出另一张照片摆在桌上，里面是大学附属医院的监控摄像头拍到的 A。安纳和这两个女人究竟是什么关系呢？

"这老头子身边总跟着女人啊。"

"是啊。"

"嗯……"九字院双手交握，细心观察两张照片。

"为野丸从事暗中勾当的秘书安纳，带着女人去找了因幡副教授，之后因幡自杀，这中间究竟发生了什么还是个谜。"

九字院指着桌上的笔记本电脑。

"里面的东西肯定非常重要。"

13

钢筋水泥搭起的宽阔空间里整整齐齐地放置着一排排高约三米的钢制书架，书架上满是贴着物品清单的纸箱，放不下的手提公文包、电脑之类的物品就杂乱地堆积在墙边。正崎在东京地方检察厅的扣押品保管室里静待来人。

亮着应急灯的门被打开，一头长发的男人走了进来。

"三户荷先生。"

"哦，是正崎啊。"

名叫三户荷的男人面色冷淡地走了进来。他穿着长袖 T 恤和宽松长裤，打扮不算出格，却怎么也不像是检察厅员工该有的样子。男人留着长发，不像是为了追赶潮流，更像是仅仅嫌剪头发麻烦而已。

事务官三户荷勉是 DF 负责人，年纪比正崎大，应该有将近四十岁了，然而只看外表却十分年轻，就像个学生一样。

三户荷环视着空荡荡的保管室。

"怎么选在这种地方，有秘密要说？"

"嗯，其实除了阿格拉斯事件之外，我还在暗中调查另一件事。"

"听着像是机密啊。"

正崎拿出笔记本电脑，三户荷不以为意地接了过去。

"我想请您帮我破解这台电脑。"

"没问题。"

三户荷说完就把电脑放到保管室里的长桌子上开了机，接着又从兜里取出一个 USB 设备插到电脑上，最后把插座插头递给正崎。

"喏。"

看样子是想让正崎插电，正崎却没接。

"三户荷先生，"正崎皱着眉说道，"备份。"

三户荷由衷地流露出嫌麻烦的表情。

进行电子取证工作的时候，首先必须得复制原始数据，也就是所谓的备份。电子数据比模拟数据更容易发生改变，哪怕只运行系统，数据也能不断被改写。因此，为了不损坏原始信息，进行电子取证时必须按规定完整复刻硬盘内容，再用复制版本调查取证。

身为 DF 负责人，三户荷不可能不知道这则规定，他只是不喜欢做备份，觉得在那上面花费三个多小时纯属浪费时间。

"用不着备份，很快就能弄完。"

　　三户荷试图回避正崎的要求，而正崎在意的当然不是快不快这件事。

　　"不做好备份，之后可能会出问题……还有，这个 USB 设备是专门用来解锁的吧？你怎么会随身带着这种东西？"

　　"检察官来找 DF，多半就是要拜托我们解锁嘛。"

　　"嗯。"正崎低哼了一声。三户荷说得完全没错，一丝反驳的余地都没有。

　　"总之，还是请您先备份一下。"

　　"哎。"

　　正崎拔走了 USB 设备，要是不这么做，三户荷可能就会趁他不留神的间隙解锁电脑。正崎怀着看孩子的心情，一路把三户荷带到了 DF 室。

　　直到走到 DF 室门前，正崎才把电脑和 USB 设备交给三户荷。都到这儿了，三户荷估计会乖乖做备份了。三户荷用挂在脖子上的身份证件打开了 DF 室的电子锁。

　　"正崎，这个是谁在负责呢？"

　　正崎心想，DF 室都进了才来问负责人是谁，真要问的话，刚刚尝试解锁之前就该问了吧？

　　"如果和阿格拉斯事件的查证工作有冲突，你可以联系守永部长。"

　　"知道了，那就没问题。备份要三个小时，你先等着吧。"

　　刚过三个小时，办公室里的内线电话就响了。三户荷简洁地说了句"打开了"，看来备份完后确实没花多长时间。

"怎么样？"

正崎问得十分简略。三户荷虽然是特定的电子专业技术人员，但说到底，他的本职还是检察事务官，和检察官彼此熟知工作职务，正崎这么提问是最高效的。

"这是医生的电脑吧。它是专门拿来工作用的，里面没有任何个人信息，满满的都是实验数据，临床试验数据之类的……"三户荷罕见地低下声音，"其实还有个文件没打开。"

"是什么？"

"不清楚，用密码锁得严严实实，不太对劲。正崎，这台电脑是谁的？"

"电脑的主人是圣拉斐拉医科大学麻醉学科室副教授因幡信，年龄四十三岁。"正崎说话的同时听见电话那头传来敲击键盘的声音，应该是三户荷在收集信息，他沉吟着，似乎明白了什么。

"确实不对劲，这种防范等级太严密了，不像是普通教授会做的。"

"有可能。"正崎在电话这端点点头，"我们大概碰上了大案子。"

"那——你准备怎么做？把人揪出来严加审问？"

"人已经死了。"

"真是可惜。"

三户荷说完，干脆利落地挂了电话。正崎又把电话拨了回去。

"三户荷先生。"

"什么事，我现在很忙。"

"剩下那个文件你还破解吗？"

"不想我解？"

"不不，要能解开就帮了我大忙。"

"你拿过来不就是让我破解的嘛，会解开的，就是需要时间，给我十天吧。"

正崎放心地挂了电话。三户荷的性情虽冷淡古怪，做事却还是靠得住的。他说了十天，就肯定会在十天内做好。

正崎看了看桌上的日历，六月十二日。

距离六月二十四日的域长选举投票日还剩不到两周。

14

十三号早上，文绪给还在继续监视安纳动向的正崎传来一则消息，透过电话都能感受到他那股兴奋劲。

"B 回公寓了，就是我们之前看到的那个女孩子，绝对没错。"

"很好。"正崎握紧拳头。他们已经跨过了第一道障碍。

"我看到她进了房间，现在知道她的房间号了。房门上没有挂门牌，还不知道她叫什么。正崎先生，接下来怎么办？"

"先不要打草惊蛇，等她有进一步动作时再跟上去亮明身份。听好了，必须给我把人盯紧。"

正崎叮嘱文绪要按时联系，随即挂断电话。

在那之后，过了三个小时、六个小时文绪都发来了邮件，然而两封邮件的内容一模一样，写的都是"B还没出来✉"。

九个小时后，太阳已经下山，和文绪的邮件一起过来的还有他的电话。

"B根本就没出来……连便利店都没去。"

文绪的声音透着明显的疲惫。

连续几天的盯梢行动似乎已让他疲惫不堪。这几天以来，正崎和文绪每天都只睡三四个小时，B的出现让他们精神振奋，却无法掩盖体力上的巨大消耗。

正崎有片刻的迷茫。在这种时候，他只能给出一个指示：

"今天还能通宵盯人吗，文绪？"

"当然没问题。"

文绪强打起精神回答道。

两人都明白，现在正到了紧要关头。B是本次事件中为数不多的涉案人员之一，可能是牵涉到野丸的关键人物。一旦放跑了这个线索，接下来还要花费多长时间就不得而知了，他们必须把B这个人盯紧。

正崎细细叮嘱文绪接下来要做的事，包括每隔三小时联系一次，打开GPS，显示自己的定位，不要贸然行动，把弄清B的身份放在第一位。

最后，他又粗暴地加了一句话：

"再困也不能出交通事故。"

文绪用尤为精神十足的声音回了声"好"，心里明白这是上司在努力而笨拙地关心自己。

　　时间是晚上十一点，看到安纳开上回家的路之后，正崎结束了一天的盯梢行动。回检察厅的途中，正崎把手机横放在仪表盘上，打开了电视。他知道边开车边放电视不好，但如今时间宝贵，开车的时间也得利用起来。他想趁这个时间听听新闻，收集信息。

　　正崎调到了夜间新闻频道，毫无疑问，里面全是关于新域域长选举的专题报道，节目组今天甚至还请到了两位热门候选人担当嘉宾，以直播的形式直接展开选举辩论。正崎趁着开车间隙看向屏幕。

　　黑暗的演播厅里投下一束光，在这种电视节目常见的打光中，男主播开始用沉闷的语调诉说起来：

　　"新域……规模足以与东京二十三区媲美的新行政区域。为遴选新域领导而举行的域长选举已于上周三宣告启动。这个引领日本二十一世纪发展趋势的'第二东京'，它的未来将交于谁手呢……今晚我们邀请到了两位域长候选人，请他们细致地讲讲各自的新域计划！"

　　演播厅的灯光尽数亮起，主播走到中间的座位上坐下来，按顺序介绍起分坐在自己左右两边的两位候选人。

　　民生党　　　　　柏叶晴臣

　　自明党　　　　　野九龙一郎

镜头首先对准了柏叶。柏叶是民生党的副代表，由于经常在媒体上露面，享有很高的知名度，是域长的热门候选人之一。他担任过七届众议院议员，现年五十六岁。和六十八岁的野丸龙一郎摆在一起看，柏叶的年龄小了整整一轮，因此会给人一种更有行动力的感觉。

另一边，野丸龙一郎气度从容，确实担得起政治老将的名号。他的身形并不魁梧，浑身上下却透着一股庄重感，就像镇在演播厅里的一块巨石。

"二位面前放有答题灯。"主播说着辩论规则，"按下手边的按钮就能点亮答题灯，随后可开始发言。发言时长达到五十秒后灯光会开始闪烁，六十秒后灯光熄灭，此时须停止发言。每次发言时间不得超过六十秒。"

议题首先从陈述各自的施政方针开始。

民生党候选人柏叶面前的灯先亮了起来。

"不存在任何新生事物！"

柏叶从第一句话起就声如洪钟，多多少少含着些故意的成分，看来他的表演从第一句就已经开始了。

"新域名为'新'，各位居民的日常生活却不会发生大幅变动。我们将大力发展东京西部和神奈川北部！创造第二个东京，分散首都职能！归根结底，新域要做的就是每个自治体都在推行的'地区发展'！为此，我们要追寻世界第一的城市东京走过的轨迹。大家都知道，位于新域范围内的桥本站附近即将新建一个磁悬浮新干线车站。我们会把这个车站定位为第二个东京站，以车站为中心，大力发展周边建设，让新域重现昭和时代的东京大发展趋势。顺势而为，顺势发展！这就是我对新域的未来展望！"

柏叶口若悬河地描述出自己的构想。正崎心想，这位政治家挺擅长作秀。几乎在他话音落下的同时，答题灯也灭了。这是一番事前精准演练过的发言。

正崎一边开车，一边在心里回味着柏叶刚刚陈述的施政方针。柏叶的主张很好，他在唤起民众心中对未来大发展怀有的梦想同时，又告诉他们眼下的生活不会发生任何变动，准确地命中了人们希望不劳而获的赤裸裸的需求。

主播又请野丸发言。

野丸龙一郎沉吟片刻，两手缓缓交叉，用与柏叶晴臣截然不同的闲适语气开口说道：

"如何将新域发展成第二个东京是域长面临的重大课题，在这一点上我和柏叶秉持相同意见。问题是要朝哪个方向发展……"

他意有所指地接着说道：

"新域完全复制东京的发展模式是毫无意义的，只要我们把它定位为'第二'，它就永远不可能超越第一。正如其名所言，新域就是'新的地区'，我们应该认识到这一点，把它打造成一个有别于东京且超出东京的城市。"

答题灯熄灭，主播倾身向前问道："您的新构想具体是什么样的呢？"

"这个嘛……"野丸面前的灯再次亮了起来，"举例来说，很多高精尖产业和大学、企业单位的研发部都设在新域，我们可以打造新产业孵化区，发挥这些已有资源的优势……"

正崎听着听着，渐渐开始走神。野丸打出的新构想太过笼统抽象，事实上，他刚刚陈述的方针和日本从前的核心城市构想别无二致。这种空洞的论调大概很难抓住普通民众的心。

红灯亮起，车停了。正崎看向手机屏幕。野丸正在淡然陈述着自己的政策，一张脸占满了整个画面。

正崎的心间涌上一丝烦躁。

让他烦躁的不是正在追查的野丸选举舞弊事件毫无进展，也不是野丸集团或许与因幡之死有关一事给他的正义感带来的冲击。身为特搜部检察官，正崎有着丰富的审讯经验，读取人物面部表情的能力唤起了他内心的焦躁。

这个男人在说瞎话。

野丸的发言仍在继续，但很显然，他其实并没有说出任何实际的东西。面对坐在同一演播厅里的人，面对电视机前的观众，他根本没有把心思放在陈述施政方针上。他嘴上说着空洞的话，心里想的则是完全不同的东西，所有的一切都清晰地显现在那张脸上，触到了正崎的逆鳞。

正崎现在还不清楚野丸背地里究竟犯下了怎样的恶行，但他一定会揭露一切，让野丸的罪行无可遁形，承受法律的制裁。

电视上的野丸已经卸任议员，却依然戴着坚不可摧的政治家面具。正崎似乎稍微能理解特搜部过去的行事风格了。

15

　　回到检察厅时已经过了凌晨。十二点整的时候，文绪发来了定时联络邮件"还没现身……✉"。看来 B 那边依旧没有动静。

　　正崎在办公室里整理调查资料。等整理好监视安纳收集得来的线索后，时间已是凌晨两点半。文绪今天会通宵盯人，正崎自然也要彻夜待命。说好了每隔三小时联系一次，接下来的三点、六点，文绪应该还会发来邮件。

　　正崎打开电脑上的软件，单调的灰色用户界面出现在屏幕上，里面显示着简单的地图。正崎让文绪随身携带了 GPS 信号器，这个软件就是用来追踪 GPS 信号的。

　　正崎点击界面，鼠标箭头变成旋转的圆环图标，几秒后，软件接收到网络信号，切换了地图。显示文绪当前位置的标记闪烁在中目黑一角的巷内公寓对面，文绪大概是把车停在以前停过的那家计时停车场，待在车里监视动静。标记的位置一动不动，宣示着搜查的停滞不前。

　　正崎看了看时间。B 从早上回到公寓之后就一直没出来，现在已经过去了十八个多小时。从常理来看，一个人不会长时间待在家里不露面，要是没做好闭门不出的准备，过个几小时总会出来一次。文绪一个人总不能连着通宵两天，明天得想想要不要放弃安纳这边，和文绪两个人轮班监视 B。或许还可以找九字院帮忙……

　　正崎的视线突然晃了一下，反应过来后他才发现，自己刚刚在打瞌睡。不只是文绪，他也非常疲劳。

正崎看向办公室里的钟。指针刚过三点文绪的邮件就发了过来。"没有动静，我好困。"后面照旧跟着邮件图标。

正崎回了邮件，靠在椅背上。

他把手机音量调到最大，然后把手机放在肚子上，两手交握——一个典型的打盹姿势。距离下次联系还有三个小时，正崎不是在休息，而是在养精蓄锐，至少要让自己明天有体力参与轮班。

他就着坐在椅子上的姿势闭上眼睛，不到两分钟就睡着了。短时间内快速入睡也是正崎在特搜部的工作中掌握的技能之一。

短信提示音和手机振动的声音将正崎从睡梦中唤醒。初升的太阳透过窗户照亮了办公室。正崎看向墙上的时钟，现在是六点过一分。

他揉了揉眼角，重重闭上眼睛，生理性泪水盈满了整个眼球。整整三小时的睡眠让人满足，但这也同时意味着 B 没有任何新的动作。正崎揉着一只眼睛，边揉边打开邮件。不用另一只眼细看他就知道，邮件肯定是文绪发来的。

屏幕上显示出大段文字。

正崎下意识地睁开眼紧盯界面。邮件的长度超出了他的预想，让他一下子清醒过来。邮件写的是什么，究竟汇报了什么，是 B 有动静了吗？

他按下心头的激动，开始看起文绪的邮件来。看完邮件，他低声呢喃：

"文绪？"

短暂的困惑之后，正崎弹身坐起来，拿过鼠标，打开了 GPS 定位软件。正在读取信号的图标旋转了一阵，随后在地图上显示出文绪所在的位置。正崎拽过上衣，跑出办公室，边跑边打电话。呼叫的声音响了一次又一次，却始终没有人接。他跑到检察厅的地下停车场，坐进特搜部的专用车里，粗暴地踩下油门。

清早的道路冷冷清清，汽车飙到了最大车速。二十分钟后，正崎已从霞关开到了大久保。汽车驶进百人町一条仅容单车通行的狭窄小巷，从居民楼林立的住宅街区穿梭而过，停在了角落里一栋尤为陈旧的三层小楼前。

这栋旧楼是文绪居住的公务员宿舍楼。

GPS 信号显示的定位就在这里。

正崎下了车，再次拨打起电话，同时快步爬上了文绪居住的三号楼楼梯。电话依然没有人接，此时正崎站在了楼道里，面前是文绪的房间，306 室。他都没来得及去想房门有没有锁，直接就伸手握住了铁门把手。房门打开了。

"文绪！"

正崎边喊边蹬掉鞋子，走进屋里。当先入眼的是六叠大的厨房，再往里是通往隔壁房间的拉门。正崎穿过厨房，用足以把门弄坏的极大力道推开拉门。

晨光透过窗户照进房间。

八叠大的房间里摆放着书桌和床，通往阳台的窗户大开着。阳台上有个人影，逆光打在人影上，显出一片漆黑。

人影悬吊在空中。

手机从正崎手中滚落。

吊在空中的人影晃动着。

正崎呼唤人影的名字。

人影毫无反应。

掉在地上的手机屏幕里显示着事务官文绪厚彦的临终遗言。

"正崎先生，感谢您一直以来的关照。 ✉"

BABYLON

1

"要帮忙泡咖啡吗？"

正崎眉头紧锁，面前的杯子里装着满满一杯咖啡，开口问道："咖啡泡完还不到十分钟，你就那么不想读物吗？"已经准备离开座位的文绪否认道："没有啊……"

"我就是想醒醒神，昨天睡太晚了……"

正崎再次皱起眉头。他昨天有事外出，就罕见地提早结束了工作，文绪也兴高采烈地下班回家了，简直就像迎来了生命里的春天一样。这么看来，他睡得晚至少不是因为工作。"昨天干什么去了？"正崎问。文绪往过滤器里倒咖啡粉，脸上浮现出傻笑。

"想知道吗？"

正崎选择无视。

"这可怎么办呢——"

文绪装模作样地演了会儿戏，最后实在受不了正崎的冷淡了，主动开口说道：

"我在学习！"

正崎第三次皱起眉头。文绪究竟在学什么呢，他是不是终于受够了每天埋头读物的工作，准备考个证书转行呢？

"至于在学什么，那是个秘密。正崎先生要是知道了，肯定会感动得哭出来。不，按您这个性格应该不会哭……会恶心得受不了……不不不，您再怎么铁石心肠也不会那么过分……"

听文绪说的那个样子，肯定是听了会受不了的事情，正崎就没再过问，继续检查起物证来。文绪最后也没再多说，端着咖啡回到了座位上。文绪那边传过来的咖啡香味实在是太好闻了，正崎喝光了自己杯子里的咖啡，对文绪说："给我也泡一杯吧！"

文绪满面笑意地摇摇自己喜欢的咖啡壶。

2

香火味漂浮在夜晚的空气中。

文绪的灵堂设在东京都内的一家小殡仪馆里。他的家人联系过特搜部，说是准备私下里安安静静地送文绪走。特搜部回应说，文绪是在调查事件的过程中出的事，希望也能派几个人去参加一下葬礼。最后，包括特搜部部长守永和正崎在内，几个和文绪关系亲近的同事得到了文绪家人的应允，可以前来吊唁。

正崎迈步走进殡仪馆时，没有看到其他前来吊唁的人。他在接待处上了账，而后走了进去。祭坛十分朴素，左右两边供着少许鲜花，前面摆放着白色的棺木和黑框照片。

遗照里的文绪笑得没心没肺。

正崎看着文绪传神的遗照，也想对他笑回去，却怎么也做不到。

上完香后，正崎离开灵堂，去了接待处。这时有人在身后叫住了他，转身看去，只见一个穿着丧服的妇人追着他走了出来。正崎坐正身子，深深地低下头。妇人是文绪的母亲。

"您是正崎先生吧？"

妇人唤出了正崎的名字，应该是刚刚上完账后，记账的人告诉她的。正崎只回了声"是的"，之后再没流露出任何感情，只是一味沉默着，在妇人面前挺直了身体。

他无话可说。

正崎说不出任何话语，没有可解释的，也没有该解释的。当然了，出于工作章程，他无法告知调查相关事宜，但他的无话可说，不是因为这个原因。

文绪是他的搭档。

文绪是在和他一起追查事件的过程中死亡的。

这就是已知的一切。对正崎来说也好，对文绪的亲人来说也好，这就是全部的事实。没有结婚，没有孩子的文绪抛下健在的双亲，离开了这个世界。

正崎拼命压下奔涌而出的感情，认真地看着文绪的母亲。

他的表情既不能强势，也不能软弱，必须显得平常，好让妇人能够无所顾忌地说出任何自己想说的话。

让她可以尽情地逼问、指责自己。

任何人都清楚，即便责骂了正崎，文绪也不会回来，再怎么做文绪也不会回来。这个世界上没人能代替他经历死亡的结局。

可即便如此，总该有个人来承受责骂，正崎想。

文绪的死带来的无从发泄的情绪，总归要找个出口宣泄掉。普通人无法承受，也无法背负那样的情绪。若是不能尽早释放那种刀尖般锐利的情绪，留在世上的人只会不断被它刺伤。

所以，正崎摆出了一副全无防备的姿态，等待着妇人开口。

他在等待刀尖扎到自己脸上。

妇人静静地开口了。

"厚彦每次回家的时候都会提起您。自从当上检察事务官以后，他就总是一副疲惫的样子，好像工作得很不开心……可就在这两年，和您做了搭档之后，那孩子有了些改变。"妇人的头低得比正崎还深，"正崎先生，一直以来劳您照顾了。我替我那不成器的儿子谢谢您。"

正崎说不出话，再一次深深低头致意。

妇人坚强的言行比尖刀还要锋利，深深地刺痛了正崎的心。

3

先一步上完香的守永在殡仪馆门口等正崎，两人叫了辆出租车，朝霞关方向开了过去。

一阵无言的沉默后，守永先开了口：

"勘查结果是什么？"

守永问的是公事。昨天正崎已经和新宿辖区的警察一起勘查了文绪的死亡现场。作为正在调查事件的特搜部检察官及文绪遗体的第一目击人，正崎和当地警署的同事共同合作，掌握了最为详尽的现场信息。

"从现场情况来看，初步判定为自杀。"正崎也尽量以公事公办的口吻回答道，"死者家里的门没锁，室内也没有打斗痕迹。他是用吹风机电线绕在搭晾晒杆的配件上，上吊而死的。现场发现了死者写给父母的亲笔遗书，目前正在做笔迹鉴定，不过根据我的判断，笔迹肯定是真的。就在自杀前，死者还给我发了邮件，邮件内容是一封遗书，现场也发现了用于发送那封邮件的手机，上面只有死者本人的指纹。"

"一句怨言也没有，就这么自杀了……"守永直视着正崎问道，"正崎，这真的是自杀吗？"

"不可能。"

正崎斩钉截铁地答道。

"他完全没有自杀的动机。自杀当天我们还就调查情况联系过，当时从他身上完全看不出想要自杀的迹象。还有……"正崎嘴角边不禁浮现出一抹笑意，"那家伙还准备考特任检察官呢。"

"你是说文绪？"守永先是瞪大眼睛，随后咯咯地笑了起来，"那可真是难为他了，他要是真那么想，恐怕就没有休息时间了。"

"这样的人不可能选择自杀。"正崎看向守永，"守永先生，文绪他是被人杀害的。"

他用确信无疑的口吻说道。

文绪不是死于自杀，凶手伪造了自杀的假象。杀他的人究竟是谁，又是为何要杀他呢？

"嗯……"守永重重地叹了口气。

"你觉得这和因幡信的自杀有关？"

"是的。"

正崎依然答得毫不迟疑。他手里还没有掌握证据，但他坚信两桩案子之间一定存在着深层联系。这样的认知不是来自逻辑推理，而是他调动起自己所有的感觉后得出的答案。正崎深知，自己的感觉不会出错。

"现在已经死了两个人了……其中一个还是特搜部的事务官。"守永双手交叠，"文绪虽然年轻，好歹也是个专业人士。能抓住专业人士，还伪造出如此完美的自杀现场……对方绝对不可小觑啊，正崎。"

正崎听懂了守永的意思。

守永话里的"对方"，并不是像漫画里所说的那种专业杀手。实际发生的事情，处理手法的巧妙，犯案的大胆程度，都让人不得不产生一种联想。

集团犯罪。

对方并不是无组织无纪律的杀手，这就是守永话里的意思。案件背后可能潜藏着一股巨大的力量。正崎与文绪追查的新域域长选举事件里汇集了滔天的强权，文绪和因幡信两个小人物就是进入了强权视线里的牺牲品。

正崎感到了黑暗。

举手间抹杀掉他人性命的强权。

巨恶。

"所以，"他坚定地说，"我们必须把对方抓住。"

守永点点头，像是早就知道正崎会说出这番话。

"正崎啊，这件事必须查个水落石出。我也会参与进来，你就继续调查，搜集证据吧，不过，你一定要更加小心谨慎，处理线索时要仔细再仔细，做事决不能任意妄为。"

"我知道。"

"听说你把扣押下来的一台电脑拿去 DF 室了。"

正崎刚开口，又把声音咽了回去。DF 室正忙于提取阿格拉斯事件的证据，他在这个时候请 DF 室帮忙，心里还是感到十分歉疚的，因此就还没向守永汇报这件事。

"现在还在破解……我本来想的是解锁了再向您汇报的。"

"有什么都要汇报，不分大事小事。"

"对不起。"

"唉……你这家伙真让人操心。像你现在这个情况，本来应该马上给你安排个事务官的，可现在又有个阿格拉斯事件，人手抽调不过来，再等两三天就有人了，在那之前，可不要做太出格的事情。"

"守永先生。"

"怎么了？"

"新事务官过来之前，我可以先借用这个东西吗？"

正崎从怀里拿出个笔记本大小的黑色盒子，里面装着检察事务官的身份证和工作证。

东西的主人是文绪。

"别弄丢了。"守永说完就看向了窗外。正崎把事务官工作证放回怀中。在新事务官到来之前,他可以用那张工作证证明自己的检察官身份。

街灯的橘色光芒在夜晚的车窗上缓缓流淌而过。

"正崎啊……"守永望着窗外低喃,"事务官的工作证一旦丢了,想再办就麻烦了,要写很多申请书,还有很烦琐的手续。看着小小的一张纸,丢了就有这么多麻烦。这样一来,你应该很清楚要是事务官本人不在了,后来的同僚会有多焦头烂额吧。"

正崎看向望着窗外的守永。

"你可别消失啊,正崎。"

正崎定下心神,回了声"好"。

4

早上六点,正崎已经出现在办公室里。

今天是文绪的遗体告别仪式,他决定不去参加了。与其在仪式上哀悼,还不如抓住害死文绪的凶手,那才是对文绪最大的告慰,正崎想。

卷起百叶窗,让清晨的阳光洒进室内。忙于追查案件的时候,正崎会趁着文绪还没到岗的这段时间,在清晨的办公室里独自思考。如今,文绪再也不会出现了,即便如此,他还是想让大脑投入到业已养成的习惯里,尽量多活动活动。

先假定文绪死于他杀，而非自杀，以此为出发点展开思考。

然而从遗体的勘查结果来看，目前不得不说，文绪死于他杀的可能性非常低。

上吊是极为简单的自杀方法，与之相应地，用上吊的方式伪装自杀现场就非常困难。

假如凶手意图把人勒死后再吊上去，那么受害者身上就会留下明显的抵抗痕迹，脖子上的勒痕也会十分不自然。想在受害者脖子上留下天衣无缝的绳索痕迹，凶手就必须实实在在地把人吊死，可意识清醒的人不可能乖乖地让凶手把自己吊上去。

那么，文绪有没有可能是在毫无意识的情况下遭人杀害的呢？凶手会不会是先下药迷晕了他，然后再用绳子把他吊上去的呢？可法医并没有从文绪身上验出任何药物的痕迹，也没有发现任何可致人昏迷的物理性伤痕。在正崎赶到现场的二十五分钟之前，文绪还给他发了封邮件，如果凶手是在这段时间内放倒文绪，再把他吊上去的话，时间也太过紧迫了。

正崎循着这个思路继续向下思考，他拿出手机，调出了文绪发来的最后一封邮件。

这封邮件真是文旭发过来的吗？

正崎再一次从头细细分析起已经看了几十遍的邮件内容，邮件里写的是对正崎一直以来的感恩与选择了自杀的歉意。或许是为了陪衬内容，相比一般的邮件，这封邮件的措辞多少要更加正式一些，不像是文绪平时的风格，很可能出自他人之手。

即便如此，未解之谜依然很多。

假如邮件真是另一个人写的，那对方为什么要特意写一封遗书发给自己呢？对方没理由冒着风险，在犯案前发一封邮件。凶手并不清楚自己与文绪之间的关系，这么做很可能会自找麻烦。

而且除了这封邮件以外，文绪的家人也收到了他的遗书。凶手就算想伪造遗书，只要做个笔迹鉴定，他马上就会露出马脚。这么看来，遗书和邮件应该都是文绪本人写的吧？

思及此处，一个新的想法浮现在正崎脑海里。

凶手可能是用什么方法威胁文绪，强迫他写下了遗书和邮件。如此一来，留下的遗书就是文绪的亲笔字迹，邮件也会符合文绪自己的风格。

正崎又想起了自己的搭档文绪。

他相信文绪。文绪虽然年纪尚轻，经验不足，但脑袋却很机灵，绝不是个蠢人。也正因为如此，邮件的结尾才让他感到百思不得其解。

邮件的结尾处有个信件样式的图标。

那是文绪用来代替自己名字的标记，只出现在他发给正崎的邮件里。有这个图标就说明，邮件是文绪自己写的。

如果文绪是在受胁迫的情况下被逼写的邮件，他应该会故意漏掉标记，暗示正崎自己受到了胁迫。这样的想法或许过于主观，但在正崎看来，文绪一定能想到这一点。

可邮件最后确确实实有那个标记，文绪留下了自己的名字。那这是不是说明邮件就是文绪本人自愿写的呢？

可文绪不可能自杀。

大脑里的想法兜兜转转找不到出口，正崎吐出一口气，干脆看起了文绪留下的各种咖啡豆，放松一下大脑。文绪带来的咖啡豆里有不少珍贵的名牌货，正崎完全不清楚什么样的咖啡豆有什么样的味道。

他随便选了一种，照着大致的用量泡了咖啡，结果泡出来的咖啡味道太酸，完全无法下咽。

5

正崎下午时分抵达多摩警署，他没在接待处登记，招呼也不打一声就去了刑事课。办公室里的九字院把他带到了上次待过的长桌子一角。这里是调查此次事件的大本营，调查人员只有他们两个。

正崎认为，此次事件中已经出现了因幡信和文绪两个受害者，因此可以定性为连环杀人事件。他们应该统领辖区展开大规模搜查行动，把涉案人员一个个揪出来带到特搜部的审讯室里，逼他们说出一切。

然而，因幡信和文绪的死被定性为自杀，他手里没有确凿的证据可以证明两人并非死于自杀。正崎深知文绪的为人，但仅凭自己的感觉论证文绪死于他杀，很难说服上面的人加大搜查力度。眼下一切只能靠自己，能得到九字院的协助已经是万幸了。

"文绪先生的死亡现场有发现什么线索吗？"

正崎丢出句"没有"，满面愁云。

"别说指向他杀的线索了，我们连一枚其他人的指纹都没有找到，现场也没有抹除过指纹的痕迹。最可恨的是，房子里显然只有文绪一个人。那个笨蛋，好歹也该给我们留下点线索啊！"

"这么说受害者可有点过分了啊，正崎先生。"

九字院苦笑道。他和正崎都认为文绪不是自杀，而是死于他杀，应该从这个方向展开调查。"文绪不该死的。"九字院说。听到这话的正崎只觉得宽慰。

"说说我这边吧。受害者留下的线索串起来了。"

九字院打开笔记本说道。

"你去新宿警署的时候，我搜查了 B 在中目黑的公寓。"

"有问题吗？"

一抹不安涌上正崎心头。如果文绪是被"处理"掉的，那就说明他在监视 B 的过程中，一时大意露出了马脚。这么一来，那栋公寓楼应该早就引起了对方的警惕，继续监视下去会很危险，B 也很可能不会再出现了。

"嗯，在能够搜查的范围里……这是文绪难得留下来的东西。"

九字院站起身，把墙边的白板拉到近前。他拔下马克笔笔帽，在洁白的板面上写下了数字"701"。

"这是文绪在盯梢时掌握的 B 住的房间号。我去找了公寓的管理方，查了很多租客、业主的资料……目前还……"

"还怎么？"

"调查是有了新进展，可也反而让人更摸不着头脑了。"

九字院在白板上写下了一个从未见过的名字：福山义行。

"那间房挂在这个男人名下。我查到他是町田一家小公司的社长，还是政治后援会的会员，房子大概是他出借给野丸集团的，这种现象很常见。他应该并不知道他们要拿房子做什么。"

"你是说，野丸集团安排 B 住在了这个以后援会名义准备的房子里？"

正崎边说边觉得一阵恶心。他们特意准备了房子，困住要为选举活动发挥价值的年轻女孩，必要的时候就把她带出去献给权贵，这和人口买卖没有任何区别。正崎再次对野丸的所作所为感到反胃。

但九字院的回应却出乎他的意料。

"错了。"

"错了？什么错了？"

九字院在福山的名字旁画了条线，又写下了一个新名字。看到那个新名字，正崎瞪大双眼。

"斋开化。"

"福山是斋开化后援会的成员，不是野丸龙一郎的……"

九字院说着，自己也不解地歪了歪脖子。正崎被突如其来的信息搅乱了大脑，一时觉得晕头转向。

斋开化。

这个人位列域长选举的候选人之一，时年三十，年富力强，是广受当地民众追捧的热门人选。他和野丸是争夺域长宝座的对立势力。

"等等。"正崎伸出双手，做了个打住的姿势，"那这是怎么回事？ B 住在斋开化集团借来的公寓里，然后野丸集团的安纳带她出门见人？"

"就是这样。"

"怎么会这样？"

九字院举起双手，表示自己也一头雾水。

正崎飞速转动大脑，却完全想不通新线索的出现意味着什么。究竟是怎么回事，处于对立面的野丸和斋开化其实暗中勾结在一起吗？

"正崎先生。"

听到九字院的呼唤，正崎抬起头。九字院在白板上画了一幅诡异的人物关系图。

野丸——安纳——B——福山——斋

"真的到特搜部出场的时候了。"

正崎深有同感。

大型选举里的两个有力竞争者被同一条线连在一起，两人周边还出现了两个死因不明的死者。要说没有集团牵连其中，那实在没什么说服力。大规模犯罪正是特搜部应该调查的事件，大概也只有特搜部才能解决。

必须出动东京地方检察厅特别搜查部了，特搜部检察官正崎心想。

要出动特搜部，必须先准备两个东西。

首先是"故事"。

正在举行的新域域长选举幕后有猫腻，具体是什么猫腻呢，这就必须给出一个明确的回答了，至少要给一个假设。如果不能提交一个逻辑通顺，具有一定说服力的假设，就无法出动特搜部查案。

另一个东西是"证据"。

所谓的证据不一定非得是实物，说句实话，事件发生的初始阶段基本上不存在实物证明，物证可以等到强制搜查后再扣押下来。

事件当前，真正必需的是实行强制搜查所需的正当理由，也就是可以当作证据的信息。它只能是"涉案人员的证言"。毫不夸张地说，证言是决定特搜部能否展开行动的一切。涉案人员的证言是必备品，有了它，特搜部就可以放开拳脚；没有它，特搜部就只能一筹莫展。

正崎此前就是为获取证言而努力奔走。他一直把目标锁定在涉案人员中最薄弱的一环，被当作礼物敬献给权贵的 B 身上。有了 B 的证言，特搜部就有了出动的理由，接下来就能投入人力，大力展开搜查。

然而现在文绪已死，位于中目黑的公寓已经引起了对方的警惕，B 这条线索断掉了。

调查走进了死胡同。

"这样的人应该不止一个。"

正崎抬起头，只见九字院又在白板上添了更多线。

安纳的名字旁边延伸出四条线。

"如果安纳要为了拉选票向当权者行使性贿赂，那这样的女人应该就不止一个。他连房子都安排好了，可见做这种事已成惯例，形成了一定规模。每次都带同样的女人出去不合常理，肯定还有其他人。"

"是啊……"

正崎点点头，九字院的话不无道理。

其他的女人。

正崎的思绪越飞越远。确实，对方很可能已经控制了好几个女人，只要接触到其中一个，或许就能拿到证言。

搜寻"另一个女人"，调查几乎就再次回到了原点。他们大概要再重复一遍查到 B 身上的过程：跟踪安纳，然后期待着机缘巧合下再遇到另一个女人。这当中会花费很多时间，而且即便跟踪安纳，也不一定就能碰上另一个女人。真的只有这一个办法了吗，难道只能再次把目光放回到安纳身上，慢慢地寻求机会吗？

刚想到这里，正崎的电话响了。

"阿善，明天行动。"

恒日报社记者半田带来了一束光，照亮了新的道路。

6

穿过山间的高速，巨大的富士山出现在右手边。半田大力踩下油门，汽车在清晨车流稀少的东名高速道路上飞驰。

翌日一早，正崎和半田就出发了，他们的目的地是箱根芦湖畔的一家高尔夫球场。

坐在副驾驶上的正崎看向半田。半田咕咚咕咚地喝完了咖啡因提神饮料，这已经是第三瓶了，他应该是没怎么睡过。

"你好像很忙啊。"

"也不想想都是因为谁……"

"因为坏人。"

"是哦，你说得一点都没错，混蛋。"

半田拈起饮料架里的提神口香糖，放到嘴里大口大口地嚼着。汽车开到鲇泽休息区的指示牌前时，半田看都不看一眼，直接开了过去。

"上次和你见过之后，我转悠了很多地方。"

半田开口说道。正崎那边的搜查进度已经在途中讲完了，接下来轮到半田。

"我们调查了一圈热门候选人所在政党的选举事务委员会。"

"嚯，你一个人竟然能查这么多。"

"怎么可能，我们报社的社会部和政治部都倾巢而出了。"

"没把我给你的信息泄露出去吧？"

"要是能说出去的话，我该轻松多少啊……"半田故意揉了揉眼角，"哪怕只说有个独家新闻，社里的所有人就都会来帮我！可我什么都说不了，就只能低头求人家给我消息！等域长选举结束了，这些都得用劳力去还！我一定会累得半死不活！"

"加油。"

"你就给我这俩字？"

正崎堵住耳朵。睡眠不足再加上跑高速，使得半田的情绪非常激动。正崎任他叫嚷了一会儿，半田终于没再继续，开始谈起了正事。

"很奇怪啊。"

这是正崎把手从耳边放下后听到的第一句话。

"什么奇怪，怎么奇怪了？"

"嗯……现在还不能断定……"

半田伸出一只手，指了指后排座位上的公文包。正崎拿过包，里面装着一份像是名单的文件。

"这是原东京都知事候选人河野大辅的后援会成员名单，你看那个画了红圈的地方。"

文件上有个名字用红色马克笔做了标记。

河野大辅后援会

会计负责人姓名　中川富大

"还有一张是四年前的参议院选举文件。"

正崎翻了个页，入眼的是写着"选举活动费用收支报告"的文件，上面同样做了红色标记。

候选人姓名	柴田义继	出身政党	自明党
选举出纳负责人姓名	中川富大		

正崎疑惑地歪歪头。

"怎么回事？"

"那个叫柴田的出自自明党，是野丸一手带起来的众议院议员，中川是他的会计。不知道出于什么原因，在这次的域长选举里，中川进了无党派人士河野大辅的选举事务委员会，担任会计一职。"

"野丸和河野之间有联系？"

"这个无法断定。会计是专业职位，有可能中川只是单纯跳了个槽。不过……我也是调查了才偶然发现还有这种奇怪的人员异动。"

开车的半田也像正崎一样歪了歪头。这件事情确实透着古怪。

想都不用想，野丸和河野肯定是竞争关系，现在有人从其中一方转到了另外一方，怎么看都令人觉得可疑。昨天，公寓的权属问题已经使野丸和斋开化之间出现了神秘的联系，今天又有一个候选人加入其中。

"今天就要让一切水落石出。"

半田再次指指文件。正崎翻过一页，看到了最后一张字迹不清的纸。纸上的文字方方正正的，应该是传真文件。

"这是高尔夫球场今天的来客表。"

"你都拿到这种东西了。"

"费了点工夫。"

半田说得轻描淡写，但实际上，这种东西并不是费点工夫就能到手的。正崎向来十分认可半田在这方面的能力，也非常依赖他的这种能力。但这种话他绝对不会当面告诉半田。

正崎的目光落到来客表上，每个名字旁边都有半田贴上去的对应照片。三张照片里都是上了年纪的六七十岁老人，半田还拿油性笔潦草写下了关于每个人的备注。

火村悟——日本医师协会副委员长·自明党阵营

根津洋平——日本医师协会常任委员·自明党阵营

太田优胜——东京都工会会长·民生党后盾

看到排在一起的三个名字，正崎先是震惊，很快又皱起眉头。高尔夫球场的客人向来都是各行各业、各个团体的大人物，可就算如此，这个组合……

"日本医师协会在全国有十六万会员。"半田补充说道，"这个协会手握众多选票，除了医生以外，医疗相关企业也要看协会的眼色行事。这次的选举，他们应该也能在很大程度上左右最终结果。还有最大的劳动者团体——工会……它在全国有六百八十万成员，东京一个地方的成员就超过了一百万，是选区里手握最多选票的组织。"

"可是……"正崎紧跟在后面说，"任何人都知道，日本医师协会支持的是自明党，工会支持的是民生党。他们在这个时期约着一起打高尔夫，这说得通吗？"

正崎看着文件低声嘟囔。这已经不能仅用"奇怪"来形容了。大型选举前，两大政党背后的重要人物在高尔夫球场秘密碰头。显而易见，其中必定存在某种隐情。

"我本来想的是今天无论如何都要弄清楚他们究竟在秘密商谈些什么，可是在这种地方嘛……"

半田说着，脸上露出难色。正崎也在思考同样一件事。

高尔夫球场是个很适合密会和谈判的地方。

只要上了球场，周围就再看不到其他人影。球场视野开阔，一有可疑人员接近就能立马发现，双方可以边打球边谈话，没有人会知道他们究竟谈了些什么。因此，高尔夫球场和高级日料餐厅一样，都是政商界人士常去的密谈场所。

"我们只能选在大堂和餐厅下手了。"

正崎给出了一个很难称之为上策的结论，除此之外也没有其他办法了。可要在餐厅偷听谈话内容，就必须近距离接触谈话的人。正崎心知，自己面相严肃，容易给人留下印象，不利于调查。他又不擅长与人周旋应酬，根本不适合做近距离调查。

"要是文绪在就好了。"

正崎回过神来才发现，自己不知不觉中说出了这样一句话。

他觉得不好意思，就把手撑在副驾驶的车门边，看向窗外。文绪已经不在了，自己不经意间说出口的，只是一句没有意义的牢骚话。

"文绪的事情……真让人痛心啊。"

半田斟字酌句，低声说道。对半田说了句无谓的话，正崎觉得自己很没出息，于是撇了撇嘴角。他必须谨记文绪的死，但那不该成为一种无益的感伤，而是要促使他思考实质性的东西，把凶手抓捕归案。

"对于文绪的死，"正崎再次看回前方，"有件事我始终想不明白。"

"什么事？"

"凶手为什么要杀死文绪呢？"

正崎问得直接，半田一时猝不及防，平静下来后，他开始尝试自己做推理。

"应该是……调查事件的时候被人'灭口'了吧？他不是在追查和野丸有关的那个女人吗？大概是被人发现了。"

"没那么简单。"正崎否定道，"如果对方真的发现有人在调查，他还可以选择很多其他的应对办法。只要不让那个女人出门就可以了吧？如果能巧妙地反将一军，对方甚至可以扰乱我们的步调，可他最先选择的却是杀人。他应该很清楚，一旦对调查人员出手，事情的严重程度就会大大升级。"

"确实……仔细想想，这么做完全是毫无益处的。"

毫无益处。

这个词唤醒了正崎大脑里对另一桩死亡案件的记忆——副教授因幡信的死。他的死亡设备太繁复了，怎么看都不像是专门拿来伪造自杀现场的。

两桩死亡案件里还有太多正崎无法理解的事情。从计较好坏得失的角度出发，怎么都无法解释清楚其中的疑点。

这一连串的事件里始终缠绕着一股疯狂的意味。

7

"那我们下午再继续。"

东京都工会会长太田笑眯眯地起身离席。一行三人乘兴喝了两大杯啤酒，悠悠然地离开了俱乐部会所的餐厅。

两张桌子开外的地方，正崎和半田同时摇了摇头。

同预想一样，在箱根湖畔高尔夫俱乐部的调查行动阻碍重重。

正崎和半田赶到俱乐部会所后，很快就看到了坐在里面吃早餐的目标三人组。然而整个早餐期间，三人只是在闲聊，吃完后就立刻去了球场。人进了球场，正崎他们基本就做不了什么了。吃午饭的时候，两人怀着微弱的希望紧盯三人组，还是没听到半点有关域长选举的事情。

留在餐厅里的正崎和半田面色复杂地喝着咖啡。

"真是谨慎啊！"正崎低声说道。

"都是习惯使然。政界、财界的人向来生活在隔墙有耳的环境里，就算来了高尔夫球场，他们也会保留最后一丝警惕，不该说的绝不多说，都是群身经百战的老狐狸了。"

"得靠我们打破他们的警惕了……"

正崎拿圆珠笔尖戳破了放在桌上的纸巾。纸巾上记着一家旅馆的名字。

午餐期间掌握的最有价值的信息就是，打完高尔夫后，三人组会在箱根留宿一晚。

正崎和半田赶紧给旅馆打电话订了间房。就像今天赶赴高尔夫球场一样，他们依然不知道是否能在旅馆里追查出什么，可现在只能在黑暗里四处摸索。为了撬开巨大的水坝，他们费尽心思寻找着哪怕一丝缝隙。

傍晚，打完高尔夫的三人组出现在休息室里。

三个老人像是已经在会所的温泉里洗过了澡，无力地瘫在沙发上放松身体，大概是在等车来接。正崎和半田想走到他们旁边，听听他们在说什么，却也只能想想而已。休息室里冷冷清清，特意坐到他们旁边太过显眼。高尔夫球场的调查行动只能到此为止了。

正崎把一丝希望寄托在之后的旅馆上。去了旅馆，他们三个大概会喝点酒，说不定就松懈了。然而还有一点很容易预想：要是三个人都关在屋子里不出来，他们就完全没有机会听到三人的谈话内容了，调查难度会比高尔夫球场还高。

可到了现在，再小的机会也得紧紧抓住。

微末的只言片语也好，只要能让调查更进一步，就得牢牢抓住。

"嗡……"兜里的手机响了。

正崎拿出手机，电话是九字院打来的。他接起电话，听筒里传来杂音，九字院似乎正在开车。

正崎听着九字院的声音。

他无声地笑着，把电话挂断了。

"你这样子好可怕……"旁边的半田看到他这副表情，把两人间的距离拉远了些，"你那是什么表情……收到什么好消息了吗？"

"嗯。"

正崎攥紧了手里写着旅馆名字的纸巾。

"救命稻草来了。"

8

　　夜幕降临到箱根的山上，没有遮挡的停车场上空闪烁着满天繁星。

　　正崎下了车，抬头仰望夜空。眼前是在霞关的明亮街区里看不到的星空。他想，等工作告一段落了，要带着人美和明日马来这里看看。不过仔细想想，这两三年来工作一直很忙，还没有过歇下来喘口气的时候，上次全家人一起旅行是什么时候的事了呢？

　　人美一直都没抱怨过什么，自己好像也就顺势忽略了家人。守永部长说得对，偶尔也要强行给自己放个假。"拼命休假"完全就是文绪的做派，有点好笑。

　　"阿善，你手机响了。"

　　驾驶座上的半田出声唤道。正崎回到副驾上接起电话，电话那头的九字院好像还在开车。

　　"人快到了，他开的是黑色的雷克萨斯，车牌是多摩300，私牌45XX，车窗上贴了玻璃膜。我和那辆车隔开了点距离，跟在后面开进去会引人怀疑。"

　　"知道了，多谢。"

　　正崎挂断电话，又把车子的特征转告给了半田。高级温泉旅馆"强罗福花"的停车场只有一个出入口，正崎和半田紧盯着唯一的车辆通道。

　　十分钟后，九字院电话里描述的那辆车出现在停车场。

正崎和半田的车从那辆车前开过，停在了隔着五台车的地方。那辆车恰巧停在灯光下，因此能够看得一清二楚。只见驾驶座旁的车门打开，一个熟悉的男人探身而出。

是野丸龙一郎的私人秘书，安纳智数。

接着后排座位的车门也打开了，长发过肩的女人出现在眼前。正崎透过望远镜细细观察女人的面容。

她穿着不知是黑色还是藏蓝色的雅致连衣裙，脚下搭配了一双低跟鞋，一身文静装束，年龄在二十到二十五之间，乌黑的长发反射出停车场里的灯光。看起来老实文静的女人，既不是之前在监控里看到的 A，也不是中目黑公寓里的 B。

一个新出现的女人。

这就是九字院预见到的，为安纳所用的另一个女人 C。

傍晚，正崎在高尔夫俱乐部的休息室里接到了九字院的消息。他在正崎的拜托下，代为跟踪安纳，于是发现了超出正崎预期的事情。

"安纳有动作了。他在东京都接了个女人，然后朝着东名高速开过去了，很可能是要去你们现在的地方。"

断掉的线索再次接续了起来。文绪拿命换来的道路得以重启。这次不能再出岔子了，就算是为了文绪，也绝对不能再出岔子。

安纳和女人朝着旅馆走去。正崎和半田也下了车，不远不近地跟在他们身后。他们先前已经办理了入住，有了住客身份，可以自由出入旅馆。两人已经在旅馆里查看了一圈。

在前台办完入住，安纳和女人在旅馆女招待的带领下走上了通往客房部的长长走廊。

正崎和半田隔了二十米左右的距离，小心地跟在他们身后。铺了黑色瓷砖的走廊向前延伸，走到中段，女招待和安纳他们折身进了一间客房。正崎和半田若无其事地继续往前走，经过时确认了房间位置，随后藏进了楼梯口。半田小声问：

"那个叫安纳的秘书和这个女人同住一间房？"

"安纳带 B 去见人的时候，就把 B 留在那里，自己先行离开了。这次要是和上次一样的话，安纳可能会一个人先回东京。女人就留在这里完成任务。"

"任务……"半田瞥了眼刚刚经过的那间客房，"是啊，这种事情确实不是什么让人高兴的好事。"

"三人组住在附楼。"正崎打开旅馆的宣传册，寻找附楼所在的位置。他们早先已经查清楚了那三个人住的房间号。"这个女人晚上肯定会去附楼。"

"那我们先守着吧。"

半田说着，从怀里拿出个优盘一样的黑色棒状物。他倒回到走廊上，悄悄把黑色的小棒藏到了走廊边装饰壶的背面。

回房后，半田拿出一台十英寸的平板电脑，调整好角度，立在了桌子上。打开软件的同时，显示正在连接 WIFI 的图标旋转起来。几秒过后，屏幕上出现了刚刚走廊处的视频画面。

"真方便啊，画面也很清晰。"

"最近这种东西一般人都能买到了，采访也更方便了。"半田把一个和刚刚藏在走廊上的设备同样造型的棒状物拿在手里晃了晃。那是个可以用来拍摄运动画面的小型轻量级可穿戴相机。

正崎实时关注着视频里的动向。广角镜头覆盖了走廊相当大的一片范围，这样就不会错过安纳和女人的每一次进出动向。

"要是被旅馆的人发现了怎么办？"

"这是实时画面，如果相机被人动了，我们很快就会发现。到时候就装作丢了东西的样子，请他们还给我们就好了。一个小小的可穿戴相机是旅游途中很常见的东西。等人走了，我们再换个地方藏就是了。"

"实在高明，这完全就是犯罪了。"

"阿善……你不会这个时候还要揪着这点不放吧？"

"没办法啊，先放过你吧。"正崎大发慈悲般说道。

半田回了句"太感谢您了"。

"电池能用多久？"

"五个小时。没电了就再换这个。"

正崎看向时钟，时间是晚上七点。他相信，在第一个相机电量耗尽前的五小时里，对方一定会有所动作。

画面已经持续了三个小时。

期间对方有一些动静。先是安纳出去了一次，大概十五分钟后回来了。接着Ｃ又出去了，约莫一个小时后穿着浴衣回了房，可能是去泡了趟温泉。再之后旅馆的女招待来送了晚饭，安纳和女人并没有出门。平板上显示的时间已是二十二点，正崎心想，该有动静了。

这个念头刚刚落下，就见房间拉门在相机前打开，安纳和穿着浴衣的女人一起走了出来。

"来了！"

正崎立刻站起身，把手机放到胸前的口袋里，拉出耳机插进了耳朵里。半田给正崎打了个电话，两人间就算连上了对讲机。

他们匆忙离开房间，保持联系的同时兵分两路。半田到走廊上确认有没有看错，然后跟在了他们身后。

正崎快步走在客房走廊上。

半田压低了的声音透过耳机传了过来。

"安纳他们在往附楼的方向走。"

"按计划行事。"

"真的没问题吗？安纳很可能会再次回到房间里来。"

"两分钟就够了。"说这句话的时候，正崎已经到了安纳和 C 住的客房门前。墙上挂了写着"铃兰"的门牌，入口处是镶了磨砂玻璃的格子门，设计上充满日式民居的风情。

房间没锁。

正崎大大方方地打开格子门，从正面走了进去，随后关上门查看换鞋处的情形。只见地上整整齐齐地摆着一双低跟鞋，确实是在停车场看到的女人 C 脚上穿的那双鞋。

"阿善，"耳机里的声音语含焦急，"安纳把女人送到后立刻就往回走了，要不了一分钟就会回来。"

"足够了。"正崎低喃着,从口袋里拿出一个 3×2 英寸上下的黑色塑料片。他撕下塑料片背面的双面胶,拿起左边的一只低跟鞋,把塑料片插到大大的丝带花饰内紧紧粘住,小小的塑料片就完全隐在了装饰中。事先不知情的情况下,绝对不会有人注意到鞋里混进了这样的东西。

正崎把鞋放回原处,半田还在耳边细细报告着安纳的动态。正崎沉着地站起身,不慌不忙地走出房间,一脸如常地离开了走廊。正崎离开二十秒后,安纳回到了房间。

正崎回到自己的房间,没过多久半田也回来了。正崎打开自己的笔记本电脑,点开软件,周边地图与熟悉的界面一起出现在屏幕上。

地图里的定位点出现在"强罗福花"的客房部里。正崎低低叫了声"很好",狠狠拍了下半田的手。

他在 C 鞋里放的东西,是一个小型的 GPS 追踪器。

"这样就能直接追踪这个女人了。"正崎满意地握紧拳头,"之后不管她是坐车还是进了我们不能跟踪的地方都没关系。只要她还没回家换鞋,一切动向就尽在我们的掌握之中。"

"还有这么小的啊……"半田拈着预备的另一个 GPS 追踪器大发感慨,"不愧是调查专家啊。这东西放在人身上绝对不会引起注意。地方检察厅的特搜部平时就是这样查案的吗?"

"不,一般不能用这个。"

"嗯?为什么?"

"用 GPS 查案是违法的。"

半田瞪大眼睛。

"确切来说是还没探讨出个结果。有人觉得查案时利用 GPS 监视他人涉嫌侵害他人隐私。警察如果曾经在嫌疑人车上安装过 GPS，等上了法庭，这种行为就会受到法院质疑。这次是直接放在人身上了，问题性质估计会更加严重。何况又没有搜查证，这是最大的问题……"

"哦？"半田像看稀奇一样看着正崎，"没想到你也会做种事情……莫非心境变了？"

"我怎么想不重要。"正崎坚定地说，"这次无论使用什么手段，我都要盯紧这个女人。要是把人放跑了……"正崎露出难看的笑，"不知道特任检察官会怎么说我呢。"

9

深夜，正崎和半田轮流盯着走廊上的监控画面。安纳智数从附楼回来之后，立刻一个人办了退住，随后离开了旅馆。相机还在继续拍摄空无一人的"铃兰"入口。快没电的时候，半田换上了另一台设备，之后就一直静悄悄的。C 在天快亮的时候才回了自己房间，时间已经过了凌晨三点半。

C 出去了五个半小时，这五个半小时里，附楼发生了什么事情，正崎无从得知，也无意了解，就连想想都觉得心头不快。

上午十点，三人组成员火村、根津、太田一同去办了退住，女人却没和他们一起，看来和来时一样，走的时候两边也要分开行动。正崎静静地目送三人离去，现在还不是追上去的时候。但他暗下决心，一定要在不久的将来把他们捉拿归案。半田看到他的脸色，大呼可怕。

又是五个小时过去，到了下午三点。

监控画面里，客房的格子门打开了。

"行动。"

正崎迅速关上电脑，把它塞到早已收拾好的行李中，站起身来。半田去拿相机的时候，他已经办完了退住手续，随后就坐在大厅的沙发上，盯着之后现身在前台办理退住手续的C。

C走出旅馆，在正面玄关的门廊前等车。正崎和半田坐进车里，从停车场监视着C的一举一动。正崎再次打开电脑，屏幕上的标记正确捕捉到了C现在所在的位置。

"很好。"

"啊，车来了。"

开过来的是一辆私人包车。C上了车，汽车开动起来。半田也推下变速杆，跟在了那辆车后面。

包车下行在箱根山间的蜿蜒山道上。

"她可能是要去箱根汤本搭电车。"半田说，"去东京的话，坐电车应该会快一些。我们没法及时看着她了，不过有GPS在，人应该不会跟丢。"

然而半田的预想没有应验。载着女人的包车直接开过箱根汤本站，上了小田原厚木高速，朝东京的方向奔驰而去。

"她不会是准备包车到东京吧？"半田面露惊讶，"那得花好几万日元呐，路上花费的时间又长。啊，车费有人会出……"

"可以稍微看出这个女人的性情了。"

"你的意思是？"

"坐电车回去的费用是两千日元，她明明可以装作是坐电车回去的，把多出来的一大笔车费放到自己的腰包里，可她没有这么做，还是选择了昂贵的包车服务，可见这个人对钱的欲望不大，几万的数额都可以眼睛眨都不眨地花掉。至少，她不是因为缺钱才成为政治工具的。这个女人应该得到了其他的什么回报。"

"其他的回报……会是什么呢？"

"不知道。"正崎冷淡回道，继续看回 GPS 界面，"不过，我们很快就会一清二楚。"

他拿出手机，给九字院打电话。

包车下了高速，继续朝港区的方向开去，在大使馆林立的南麻布高级住宅区、坡道与窄巷组成的一片区域里蜿蜒而行。

十分钟前起，正崎一直与九字院保持着通话状态，他正向九字院通报眼下的状况。

"过了麻布十番。"

"应该就是要回家吧。"电话另一头的九字院语调一如既往，"肯定是安纳昨天接她的地方。"

为防万一，正崎又对着地图确认了一下，地点他早已听九字院说过了。昨天，他在旅馆里与追着安纳和女人来到箱根的九字院短暂汇合，后来就和半田接过了监视 C 的任务，让九字院先回东京，提前去 C 住的公寓周边踩点。现在，九字院还守在可以看到公寓入口的地方待命。

"有保安吗？"

"一个人影都没有，空空荡荡的。"

正崎点点头。九字院很专业，他说的话大概率没有差错。按说野丸集团不太可能连着二十四小时监视 C，可文绪的前车之鉴给正崎上了一课。正崎想起了守永说过的话，小心再小心。他觉得自己的行动已经小心得不能再小心了，没有违背守永的命令。

这样就说得过去了。

车子停在了深褐色的公寓楼前。公寓个性十足的外观充斥着满满的高级感。半田把车停在离公寓正面几十米远的地方。前面那辆车的后排车门打开了。

"阿善，接下来怎么办？"

"没你的事了。"

"啊？"半田正准备再问些什么的时候，正崎已经下了车。

"喂，阿善。"

正崎无视掉半田，大步往前走。C 下了车，往公寓入口走去。正崎加快速度，不带一点停顿，从入口冲了进去。此时 C 恰好正准备过自动门，正崎赶在门关之前，跟在 C 身后进去了。

他和 C 坐上了同一趟电梯。

C在四楼下了电梯，正崎也跟着走了出去。女人在走廊上走了一阵，最后停在402号门前，翻起包里的东西来，应该是在找钥匙。

这时，她注意到了走到她身旁的正崎。

"您是平松绘见子小姐吧？"

正崎叫出了女人的名字。

名字是他从箱根那家旅馆的账簿上找到的，可能是假名，但他也只知道这一个名字。

平松绘见子难以置信地看着正崎。

"您现在是一件案子的重要知情人，我们有些话想问您，能和我去一趟检察厅吗？"

女人依然带着一脸不知发生了什么事的表情。

为解答女人的疑惑，正崎出示了检察事务官的工作证。

"我是东京地方检察厅特搜部的人。"

BABYLON IV

1

特搜部部长室的办公桌前，正崎像个军人一样站得挺直，连手指尖都传递出一丝不苟的态势。守永曲肘放在桌上，两手掩面。

"有这么一声招呼不打就把人带过来的吗……"

"对不起。"

正崎理直气壮地道了个歉。

"你准备怎么收场？"守永无奈地问，"有前因后果吗？"

守永问出的是特搜部独有的问题，意思是对于这次的事件，正崎"有没有事件整体的脉络"，"有没有估计过事件往后的发展"。

面对这个重要的问题，正崎依然底气十足地说：

"没有。"

"你啊……"

"这个事件还陷在一团迷雾里。"正崎言辞强硬地继续往下说着，"因幡信和文绪为什么会离奇自杀，事件和新域域长选举之间有什么关系，以野丸龙一郎为首的各个候选人之间又有什么联系，我现在还没有发现可以把这一切串联起来的线索。可是，如果再继续这样偷偷摸摸地调查下去，我们永远都不会有找到线索的一天，最后只会让真相埋没在巨大的阴影里，不了了之。守永先生，我需要特搜部的力量，我们必须发动特搜部的最强战力，包括强制搜查的权力。所以……"

正崎直直地看进了守永眼里。

"请让我参加'御前会议'吧！"

守永正面迎上了正崎的目光。

正崎所说的，是最高检察会议。

对于社会关注度高的重大事件，法务省、检察厅的最高领导会召集会议，决定是否展开调查，怎么调查，这就是最高检察会议，它是检方的最高决策机构。召开会议时，负责调查事件的检察官要在最高检察长、最高检察厅副检察官、最高检察厅部长、事件归属区的高等检察厅检察长、地方检察厅检事正、特别搜查部部长等人的面前陈述犯罪详情。与会人员将根据当事检察官的陈述探讨是否提起诉讼，拟订调查计划，经所有成员一致同意后形成最终结论。

如果能在会议上得到许叮，当事检察官负责的案子就会成为整个特搜部的调查对象，甚至还能出动特殊直告班，实施包括强制搜查在内的大规模整体搜查行动。

守永面色冷凝地思考着正崎的提议。

"不是证据不足吗？"

"有平松绘见子在。"正崎两手撑在桌上往前探，"平松在野丸龙一郎的授意下，通过向权贵献身获取选票，这一个罪状就足以让我们提起诉讼了。拿到了平松的证言，我们还能查到前所未有的重大证据。"

"可那个女人还只是知情人吧？我们现在是请她来协助调查的，不能把人留太久，放她回去又会暴露我们的调查行动。你能在这么短的时间里把人搞定吗？"

正崎斩钉截铁地回了声"能"。

守永深深地皱起眉头，再次陷入了思考当中。

"守永先生。"

十几秒的沉默过后，守永伸手拿起了桌上的内线电话。

"我今明两天内通知你结果。这样的事件……肯定能把人召集起来吧。听好了，会议后天就要举行。"

"懂了吗？"守永再次叮嘱道。正崎深知守永话里的意思。

明天必须拿到平松绘见子的证言。

他带着特搜部检察官的自信重重点了点头。

2

正崎快步行走在走廊上，同时大脑也在更为高速地转动着，大脑活动得太快，似乎都能听到马达声了。

他看向手表，确认留给自己的时间还剩多少。现在是六月十九日的晚上八点。

御前会议召开的时间是后天，也就是二十一号，估计不是下午就是晚上。如果在晚上召开，自己最多还有四十八小时的时间，但这是最乐观的估计，不能当真。按下午召开的最早时间来推算，还有四十个小时，再除去处理突发工作的时间，能用在讯问上的时间大概在三十六小时左右。

正崎开始在脑海里构建起基于规定时限的讯问计划来。这次的讯问不同于普通审讯，必须有专门的应对方案。

首先是非强制性出庭。

如果凭明确的犯罪嫌疑逮捕了平松绘见子，正崎就能向法院提出申请，关押她十天，甚至还能延长拘留期限至二十天。有了这二十天，特搜部的随便一个人都能拿到任何自己想要的口供。对方是无辜也好，和案件无关也好，总归会在特搜部的操作下摇身一变成为罪犯同谋。外界讽刺特搜部的做派是"无中生有"。确实，采用特殊手段强行取得嫌疑人口供是特搜部的拿手好戏，也是久已有之的不良习气。

可这次是请人回来协助调查，而不是逮捕捉拿。平松绘见子算是自行来到检察厅的，如果她想回去，特搜部没有理由把人扣下。三十六小时说到底只是可以占用的最长时限，如果惹对方不高兴了，讯问可能五分钟就得结束。

所以，正崎必须诱导平松绘见子尽力提供协助，巧妙地推动她自愿留在特搜部，协助检察厅办案。

还有一件事也要纳入考量。

平松绘见子是一个"年轻女孩"。

正崎还没问过她的年龄，不过从外表上看，她应该介于二十到二十五岁之间。不管她是学生，还是上班族，反正从年龄上看，她已经是一个成年人了。

可在正崎看来，这个年纪的人还只是没有适应社会的小孩。

正崎没有看低对方的意思，他只是从客观分析的角度出发，把二十多岁的人划分在小孩的范围内而已，其中不存在不负责任的偏见歧视。年纪到了，并不意味一个人就真正长成了大人。单纯从比率上看，社会上有很多饱尝了人生百味的成年人。

作为特搜部的检察官，正崎接触过很多年龄超出自己一倍多的老狐狸。在那些真正的恶人看来，二十多岁的女孩子就只是猎物而已，和柔弱的羊羔没什么两样。

待在检察部门里，他已经听多了了狡猾的成人以令人心动的话语诱惑少不更事者，随心操控他们，最后无情丢弃的故事，而这次的事件就是其中性质最为恶劣的一种。无知少女被人当作了选举礼物。正崎想，平松绘见子就是"无知少女"的代表。

于是，他决定从这里突破。

他要向平松绘见子灌输自己的"良言"，告诉她安纳和野丸都是穷凶极恶之徒，平松只是被他们当成了猎物而已，将来不会得到任何好处，如果表现得不好，甚至可能会被杀人灭口。这些话并不是危言耸听，有可能真的会在现实里发生。

与此同时，还要不断告诉她："我们是站在你这边的同伴。""我们会尽全力保护你。"这样做下来，如果最终能把平松绘见子拉进检方阵营，此次讯问就达到了最好的效果。一旦得到了平松的协助，正崎会收获巨大的回报，他可以一举掌握野丸集团隐藏已久的不法行径，把平松纳入特搜部的保护圈后，自己这边的动静也不会泄露出去。这步棋如果下成了，就会成为滴水不漏的一着妙手。

接下来是关键时刻。

3

正崎打开熟悉的办公室大门。

平松绘见子的讯问放在检察官办公室里进行。带回案件知情人时，为了不给对方添加不必要的压力，特搜部有时会选在审讯室以外的地方进行讯问，正崎这次也采用了同样的策略。不以逮捕手段抓人，而是以知情人身份将对方请回特搜部，也是尽量缓解女人警惕心的一种手段。

"正崎检察官。"

进了办公室，坐在文绪位置上的男人站起身来。

男人个子很高，身形细瘦却十分结实。他是正崎让守永紧急安排过来的辅助事务官，名叫奥田。案件讯问不能交给检察官一个人，必须同时有事务官在场。

"我先问了她的基本信息。"

奥田递过来一个夹着纸张的文件夹。正崎大致浏览了一遍，他没有专门授意奥田去做这些事，但奥田却把必要信息整理得清清楚楚。正崎心里下了论断，这个人可堪一用。

正崎在部里偶尔会遇到奥田，因此对奥田有些印象，但他所在的特殊直告班和奥田所在的财政班交集很少，这次因为事态紧急，两人才临时组成了搭档。正崎觉得眼前这个人有些能力，就想在之后的审讯调查中继续找他协助。再说，除开工作能力不错之外，奥田长得又很俊朗，仪表堂堂。这么想可能有些对不起文绪，但正崎觉得，如果要审讯年轻女孩，奥田可能会更加合适。

看完奥田整理的信息，正崎合上文件夹。他抬起头，视线投向办公室里的另一个人。

一头长发的女人坐在正崎办公桌前的折叠椅上。正崎盯着她反射出荧光灯光线的黑发，走过女人身旁，坐到自己的座位上，与女人隔桌对坐。

他把文件夹放到桌上打开，一会儿看看文件，一会儿看看女人，故作自然地观察着女人。

平松绘见子。

正崎先看了奥田询问整理的基本信息。姓名：平松绘见子。年龄：二十三岁。职业：文员（养老院）。

他抬起视线，看向女人的脸。

最先吸引人目光的是她那双大大下垂的眼睛，里面像是加入了一团热气，浓稠地氤氲开来。不可思议的是，眼睛下垂的形状极妙，完全不显得怪异，反而会给人留下深刻印象。眼睛周边的睫毛浓密得过分，不知是化妆化出来的，还是生来如此。睫毛聚在一起形成的黑色线条把女人深邃的眼睛衬托得更加显眼。

拥有这样一双眼睛的脸，不用多说，自然是有非常大的吸引力。正崎想，不愧是被当作礼物进献给政商界巨头的人。女人鼻梁高挺，嘴唇微丰，面相不是偶像明星的那种可爱风格，而是更受中年男人追捧的性感。

正崎的目光又从女人的全身扫过。她身高在一米六左右，放在女性身上大概有点偏高。一头乌亮的秀发垂到背部中间，身上的衣服还是在箱根时穿的那件宽松长袖连衣裙，腰间松松地系了条腰带。连衣裙的颜色很深，分不清到底是藏蓝色还是黑色，看起来甚至还有点像丧服。这么难搭配的衣服，女人却把它穿得很好看。

最后，他又去观察女人的表情。

女人非常镇静。

正崎改变了自己起先的看法。调查书上写的女人年纪是二十三岁，但她本人比真实年纪看起来要更加沉稳一些，把她当作二十五六岁的人来沟通应该更加合适。

"平松绘见子小姐。"

正崎叫了她的名字。平松绘见子瞬间眨了眨眼，抬起头来，脸上一副松散平淡的表情。在检察厅接受讯问的人，九成以上都会带有不安、畏惧，但她的脸上却几乎看不到这些。正崎在心里进一步修正了对她的看法。

"现在开始由我对你进行讯问，其中有些问题事务官可能已经问过了，届时请再一次正确作答。"

平松绘见子没有出声，直直地盯着正崎的眼睛。

"你明白了吗？"

听到正崎问话，平松绘见子才仿佛回过神来一般点了点头。她依然没有作声，看起来不太好对付。

"那我们就开始了。平松绘见子是你的真名吗？"

"正崎善先生。"

突然被叫到名字，正崎下意识地露出惊讶的表情。平松绘见子紧紧盯着正崎面前写着"检察官 正崎善"字样的名牌。

"正直，善良……"

"我的名字有什么问题吗？"

"啊，没有。"

平松绘见子又眨了眨眼，再次抬起头来。

"我在想，不知道您父母是出于什么想法，给您起了这个名字呢。"

正崎的眼角余光里看到奥田事务官面露惊讶，他自己也是同样的表情，不知道平松绘见子究竟想说些什么。

平松绘见子久久凝视着名牌上的字，脸上的表情似乎有些悲悯。

"……请回答我的问题。"正崎收拢情绪，再次开口问道，"平松绘见子是你的真名吗？"

女人回答：

"是的。"

4

"你认识安纳智数这个人吗？"

"认识。"

“他和你是什么关系？”

“关系？”

“对。”

“关系……”

“是怎么认识的？”

“嗯……安纳先生与我奶奶是旧识，我来东京的时候受他关照过，他还帮我找过房子。”

“你是什么时候来的东京？”

“两年前。”

“来上学？”

“不是。”

“来找工作？”

“是啊。”

“你老家是哪里？”

“栃木县的那须。”

“为什么要从栃木来东京找工作？”

“我想来东京。那须是个乡下小地方……东京……人很多。”

“你是那个时候联系上安纳的吗？”

“嗯？啊，不是。一开始是安纳先生来找的我，说我来东京能帮上他的忙……他真的很热心。”

“热心具体表现在哪些方面呢？”

“嗯……他一开始给我介绍了房屋中介，后来偶尔带我出去吃饭，还会去寿司店之类的豪华餐厅，都是以我的工资根本去不起的地方，每家餐厅的东西都特别好吃。我很开心，感觉好像有了个对我很好的爷爷一样。对了，我的亲爷爷已经去世了。"

"除了吃饭还有别的什么吗？"

"别的啊……对了，他还给我买过衣服，看起来就很贵，我都不知道收下来到底好不好。"

"你知道安纳对你那么好的原因是什么吗？"

"原因？"

"对，原因。"

"原因……大概是因为……我是他朋友的孙女吧？"

"换个问题。我之前是在港区的公寓叫住你的，那个房子是你自己家吗？"

"是的。"

"你是从什么时候开始住进去的呢？"

"三个月前。"

"那套房的房租应该很高，你的收入可以负担吗？"

"负担不起啊。"

"……那是？"

"这个嘛，房子是安纳先生的，突然空出来了，他就问我要不要暂时住一下，不收我房租。我想这样终究不太好，每个月就还是付他两万日元，不过这点钱应该根本就不够吧。"

"公寓在南麻布，那个地段的房租应该至少有二十万日元。"

"那么贵啊！真是太对不起安纳先生了。"

"安纳为什么要承受那么大的损失，给你提供住处呢？"

"是啊，他这个人真的是……太好了……"

"我换个问题。"

5

"昨天，也就是六月十八日的傍晚，你人在哪？"

"我待在家里。"

"之后又去了哪些地方呢？"

"昨天……傍晚的时候安纳先生来接我了，我就坐上了他的车。"

"接你做什么？"

"带我泡温泉。我们开车去了箱根的旅馆。"

"是之前约好的吗？"

"嗯。"

"一个年轻女性，会想和仅仅只是奶奶朋友的人单独去泡温泉吗？"

"哈哈。"

"有什么不对吗？"

"不是……年轻女性……听起来好好笑，哈哈。"

"请回答我的问题。"

"啊，好，会的。"

"你不觉得和安纳去泡温泉很奇怪吗？"

"他平时特别照顾我……您想象的那种……他对我有其他心思什么的，我从来就没往那上面想过。年轻女性……哈哈，真的很好笑……"

"我知道了。你坐安纳的车去泡了箱根的温泉。"

"是的。"

"去的是旅馆吗？"

"对。强罗……花……总之是名字里带个'花'字的旅馆。"

"什么时候到的那里？"

"什么时候啊……大概是七点左右吧。"

"去了之后做什么了？"

"泡了温泉。很久没泡了，我总觉得兴奋。温泉池很大，泡进去特别舒服。真舒服啊。"

"泡完之后呢？"

"回房间吃了个饭。"

"和安纳一起吗？"

"对。"

"安纳有说什么吗？"

"他说肠胃不太舒服，饭也没吃完。"

"还有吗？"

"还有……我问他工作忙不忙。"

"你知道安纳是做什么的吗？"

"秘书吧？国会议员的秘书。"

"知道是哪个议员吗？"

"嗯……我以前应该问过他……忘了。"

"安纳工作忙，还要带你去泡温泉？"

"因为是之前约好的。我也说了什么时候去都行。"

"吃完晚饭后做什么了？"

"安纳先生说要给我介绍住在同一家旅馆的朋友，我就和他一起去了。"

"他朋友是谁？"

"嗯……是叫太田吧？还有木村，还有……"

"没记住吗？"

"他就是给我简单介绍了一下……而且我之前还喝了一点酒。"

"名字就不说了。一共有几个人？"

"三个爷爷。"

"安纳把你介绍给那三个人了。"

"对。"

"他是怎么介绍的呢？"

"就说我是他朋友的孙女。"

"只说了这个吗？"

"对。"

"再之后怎么样了？"

"怎么样？"

"说一下介绍完之后发生的事情。"

"之后，我就在他们房间里吃东西，边吃边听他们聊天。三个老爷爷就像我的朋友一样，大家聊得很尽兴。我应和着他们，有时还给他们倒个酒……每次帮他们倒酒，他们就会特别高兴。真是一群可爱的人啊，这么说好像没大没小的，哈哈。"

"再然后呢？"

"再然后……啊，安纳先生先回了房间，看来肚子确实不舒服。"

"你留在那里？"

"对。"

"哪怕他们都只是安纳的朋友？"

"我觉得立马回去也不好……再说我和爷爷奶奶一起生活了很长时间，知道该怎么和上了年纪的人相处。"

"相处？"

"对。"

"你和他们在一起待了多久？"

"大家情绪都很高，一直聊到深夜，大概是两点还是三点的时候吧？没看到钟，我也不知道具体是什么时候。"

"平松绘见子小姐。"

"嗯。"

"你当时和那三个人发生性关系了吗？"

"什么？！"

6

手表上的日历日期已经跨过了一天。

办公楼的自动贩卖机一角，正崎面色严峻地伫立在那里，手里的罐装咖啡不知何时已经喝光，连味道是苦是甜都忘了。他心里冒着火，把空罐子狠狠砸进了垃圾箱里。

"那家伙究竟怎么回事……"

正崎带着焦躁低声嘟囔道。

讯问已经快过去二十四小时了。

他却还没拿到平松绘见子的证言。

协助调查的知情人平松绘见子，在讯问过程中全盘否定了正崎提出的一切事实关系。她始终坚称，自己只是和熟人一起去泡了温泉，没有和社会团体的高层发生关系，安纳没有拜托她去做那些事，自己也没有从安纳那里拿任何好处。讯问中途，平松绘见子小睡了一会儿，除此之外的大概十八个小时里，她一直在接受讯问，却完全没有表现出半分要更改说辞的意思。

正崎自然不能简单粗暴地逼平松绘见子承认什么。他只能在问题里设下陷阱，引平松绘见子上钩，让她看到自己也有被起诉的可能性，从而产生动摇。可平松绘见子完全没按正崎的套路走，她死咬着最开始的供述不放，滑不溜秋地避开了一切。

实在不好对付。

　　正崎第一次遇到这样的讯问对象，他感到前所未有的棘手。平松绘见子真的只有二十三岁吗？这个念头一起，正崎马上改变了自己的想法。

　　二十三肯定不是这个女人的真实年龄。正崎不知道她的实际年龄究竟是多大，可能超过二十三，也可能还不到二十三，但可以肯定的是，不可能就是二十三。

　　女人一直在说谎。

　　这是讯问进行到现在，正崎得到的唯一的正确信息。平松绘见子是个说谎不眨眼的人，真相完全被她隐瞒起来了。但她说谎这件事却如实地体现了出来。她和认死理的正崎是完全相反的人，仅仅是和她交谈，正崎就已经觉得难以忍受了，这个女人简直就是专克他的天敌。

　　正崎从自动贩卖机边走开，回到办公室。时间紧迫，实在不是该休息的时候，可先前女人死咬着谎言不放的行为逼得他忍无可忍，"先休息一下"就那么脱口而出了。

　　正崎打开办公室大门，女人还像之前那样背对着门口坐着。正崎打了个手势，把奥田叫到外边。必须制定个对付女人的计划了。

　　"正崎检察官，我们已经没多少时间了。"

　　奥田一脸倦容地说道。和正崎一样，奥田也已经疲惫不堪了。

　　守永傍晚的时候联系过他们，说御前会议已定于明天，也就是二十一号的下午一点举行。现在是晚上八点，时间刻不容缓。

　　正崎必须在接下来的十七个小时内推翻平松绘见子一开始的证言，让她在供述书上签字。

"正崎检察官，我们接下来怎么办？"

奥田像在寻找主心骨一般询问正崎的意见。正崎再一次转动大脑，寻求破开现状的办法。

一开始的时候，他想以怀柔政策打动女人，就以协助调查为由，将女人请回了检察厅。但接触到现在，正崎发现对方明显不是一个简简单单就能拉拢过来的人。

既然如此，要不要直接逮捕拘留呢？

犯罪嫌疑随便安一个就行。拘留和协助调查不一样，只要把人扣下来了，女人就是想走也走不了。这样一来，他还能使出请对方协助调查时不好采用的特搜部传统"手段"，比如恫吓、不许对方睡觉等，全是检方强行"改变"嫌疑人供述的暴力手段。

正崎犹豫不决。

迄今为止，他一次都没使用过这样的审讯方式，也从没往这个方向上想过。出于自身的骄傲，正崎早就决定不在别人身上使用这些手段。抛开个人方面的原因不谈，这次就算采取强制手段，恐怕也没有任何意义。

首先是时间问题。就算能拘留平松绘见子，正崎还是得赶在明天的御前会议之前取得平松绘见子的证言。现在才开始打消耗战已经没用了，时间上根本来不及。

还有最重要的一点。

正崎由衷地觉得，恫吓、威胁对那个名叫平松绘见子的女人来说完全没有任何作用。

"那女人不对劲……"奥田深有同感般小声说，"她好像看透了我们的所有想法……"

"她很聪明，知道怎么避开陷阱。受安纳驱使的女人应该不只她一个，没想到我们偏偏踢到了这块铁板。"

"真的要先把她扣押下来，再继续审问吗？"

短暂的思考过后，正崎得出了结论。

"逮捕可以放在任何时候。我们用对付聪明人的方式做最后一次尝试吧。"

7

"平松绘见子小姐。"

"嗯。"

平松绘见子面色如常地坐在椅子上，完全就像刚开始接受讯问一样，丝毫看不出受到了二十四小时讯问的痕迹。她不露声色的表情又一次惹毛了正崎。正崎压下心头的焦躁，开口问道：

"我再和你确认一下，你刚刚的所有供述都是真实无误的吗？"

"是的。"

平松回答得很快。正崎很想放开自己的感情，厉声呵斥女人，可这样做毫无意义。

"好，接下来你有两个选择。"

"选择？"

"第一个选择，不改变自己的供述。"正崎尽力以公事公办的口吻说道，"在这种情况下，你会被当即逮捕，接下来面临最长二十天的拘留，接受我们的审讯。拘留期间，你不能回家，与外界的联络也会受到限制。我们会对你的住宅、单位、周边人员以及周边场所展开调查，扣押一切证物。如果调查过程中落实了你的罪状，我们将对你提起诉讼。你在选举时涉嫌收买选票，私下活动，触犯公职选举法。除此之外，还可能犯下了《卖淫防止法》里提到的性贿赂、性交易行为。如果法庭判定罪状性质恶劣，给你的惩罚应该也会十分严重。这个结果出来后，以安纳为首的选举舞弊涉案人员将大规模落马。我想，你的生活今后会发生翻天覆地的变化，不过这些和我们都没什么关系了。"

平松一言不发地听着正崎的话，面上看不出任何反应。正崎继续说：

"另一个选择是，更改自己的供述，承认之前所说的都是谎话，讲出真实情形，然后在供述书上签字。这种情况下，我向你保证，检方会积极保障你今后的人生不受太大影响。我们不会在此次事件中对你提起诉讼，以安纳为首的那群人也无法拉你下水。虽然你得从现在的公寓里搬出来……可你还是能回到现在的工作岗位上，今后过上平静的日子。"

正崎像是在读家电产品的说明书一样，尽力冷静地把话说完了。他不是在恐吓，也不是在威胁，只是客观地告知平松绘见子"哪种情况下会发生什么"，把各个选择的优劣摊开给她看，这么一来，问题就归结到了孰得孰失上。

这种情况下，聪明人一定会选择有利的那个选项。脑筋越活的人，越不可能损害自身利益。这是根植于人内心深处的生物本能，无论如何都不会改变。

所以，正崎提供了自己能提供的最大价值。

不提起诉讼，这是检察机关能够打出的最强王牌。司法检察官可以通过决定是否起诉来控制罪行，他们既能凭空制造罪名，也能抹去真实存在的犯罪痕迹。

正崎对女人发起了一场以罪名为砝码的"交易"。

平松绘见子的脸上依然是那副故作庄重的表情，沉默地听着正崎的话语。

正崎力图让自己表现出对女人的毫无反应不抱有任何多余感情的样子，开口询问女人的答案：

"你选哪一个？"

平松绘见子垂下视线，把手搭在嘴边。正崎觉得，她做这个姿势并不是在思考什么，反而像是刻意演给人看的，给人一种自己确实是在思考的错觉。

"啊，这个方式……"

平松突然抬起脸。

"我知道的，我在电视还有电影里看到过，是叫什么来着……"她用像是与朋友闲聊一般的轻松语气说道，"司法交易，对吧？"

正崎又一次心头冒火。

平松的每一个举动都让他觉得堵心。这个女人为什么会碰巧知道这种词呢？二十三岁的人应该很多都没听过这种说法吧？

"我知道了……"平松回过味来，"检察官大人，您是想让我说出'在安纳的授意下，我和那群人发生了关系'这句话吧？"

焦躁刺得正崎大脑一阵阵抽疼。他没有回应女人：啊，你说得对。女人说的确实没错，可他心存顾忌，怎么都说不出那样的话来。正崎有种感觉，一旦肯定了女人这句戳破一切的话，他就会失去在女人面前具备的优势。

"那个，检察官大人。"平松再次像是刻意为之一般摆出个思考问题的架势，"我有个问题想问您。"

"……是什么？"

"就是吧，这个，我是说假如啊，假如我在那家旅馆和那群人发生了性关系。"

"嗯。"

"如果说……我呢……怎么说好呢，爱慕？"

"什么？"正崎皱起眉头，"爱慕？"

"嗯，就是说……如果我是因为对人家怀有爱慕之情，特别喜欢人家，所以才和昨天那群人发生性关系的话，那有错吗？"

正崎不明白平松究竟在说什么，他感到了真实的困惑。

这个女人到底在说些什么？

"你想表达什么意思。"

"嗯，这种事也不是完全没可能嘛，我这个人相信一见钟情。"

"他们都是和你差了四十多岁的老人，这就先不说了，那可是三个人。所以你的意思是，你对刚见面的三个老人同时一见钟情了吗？"

"啊，对哦，有三个人呢，这样啊……"平松绘见子又故意换了个姿势，然后看向正崎，"他们叫什么来着？"

"别开玩笑了！"

回过神时已经晚了，正崎已经站起身怒斥了女人。奥田震惊地望向正崎。正崎心想，失策了，但他已经忍无可忍。他深深地皱着眉头，竭力克制住内心的冲动，再一次坐回到椅子上。

"……爱上连名字都不知道的三个老人，还和他们发生了关系……你觉得会有人信吗？"

"和不知道名字的人坠入情网这种事是存在的呀。"平松不慌不忙地说，好像根本没听到过正崎的怒吼一样，"啊，说起来……"

平松指指眼前的名牌。

她抬起慵懒下垂的眼睛，紧紧盯着正崎。

"我已经知道您的名字了，现在也能说我喜欢您，可这也没法证明什么……"

正崎连怒吼都吼不出来了，他握紧拳头，狠狠地砸向桌子。

平松直挺挺地坐着。

正崎终于明白了。

到这一刻，他才终于明白了一件事。

这个女人一直在戏弄他。

女人从头到尾都在随心所欲地说着毫无意义的废话。她从一开始就没打算认真配合讯问，一点也没有。弄不好她都没打算认真对待自己的人生，所以才会对减轻罪名之类的事情没有丝毫兴趣。一般人的得失标准在她身上不起作用，和她说什么都是对牛弹琴。

该怎么做才能和这种人进行有效沟通呢？怎么做才能及时拿到需要的供述呢？面对听不进话的女人，正崎的心中涌起一股绝望，他觉得自己好像是在找外星人调查取证一样。

这个荒唐的女人……该拿她怎么办呢？

"要我签字吗？"

正崎抬起头。

那一瞬间，他根本就不明白女人说了些什么。再稍一思考，大脑还是没跟上女人的步调。

"在那个叫调查书的东西上签个字就行了吧，这样就能证明是我做的证吧？"

"对。不过……"正崎依然没反应过来，"为什么突然又……"

"因为您看起来太可怜了嘛！"

"可怜？"

"是啊。"

女人看着正崎。正崎记得她的眼神，昨天看到自己的名牌时，女人也是同样的一副神情。正崎当时还觉得她是在感伤，今天再一次看到这样的表情，他才明白自己先前的判断是错误的。

这个女人是在可怜我，正崎想。

正崎不知道缘由为何，也不知道女人是出于什么原因向他投来了这样的目光。总之，平松绘见子就是单纯地怜悯正崎，觉得正崎十分可怜。

正崎大感屈辱。

莫名其妙地受到别人的同情，被人怜悯，显然说明自己被放在了弱者的位置上。正崎感到自己的脸颊越来越烫。作为一个人，被另一个人看低的事实向他迎面袭来，他渐渐失去冷静，握紧了拳头。

"正崎检察官。"

平地一声惊雷。听到奥田事务官的声音，正崎瞬间恢复了平静。他不能失控，讯问时失了冷静，一切就完了。对面的人是油盐不进，可要连自己都丢了心计，最后就只能以落败收场。

虽不知道理由为何，可知情人已经说了愿意在调查书上签字，那就不能放过这个机会。自己不应该纠结过程，要把结果放在第一位。进行讯问不是为了保护自己的自尊，而是为了解决事情，打倒巨恶。

是为了文绪。

"调查书我们会准备，你需要确认过内容之后，在上面签字。"

"内容是什么无所谓，反正我都会签，不过有个条件……"

女人眯起眼睛。正崎点点头说：

"如果你签了字，我们就不会对你提起诉讼，你的行为不会受到法律制裁。你可以马上离开，有需要的话，我们也可以为你提供临时住所。安纳的公寓是回不去了……"

"那些都不重要。"

女人出声打断正崎。她微微歪过头，对正崎露出微笑。

"我想听听关于您的故事。"

"什么？"

女人坐在椅子上，身子往前探了出去。

"我想听听检察官大人您的故事，请您细致地给我讲一讲。比如您的童年啦，家人啦，为什么会起这么少见的名字啦……"

"为什么？"

平松绘见子只是笑，并没有回答。

正崎心念急转，他在想女人的要求意味着什么，不过最后也没想出什么来。正崎不明白女人为什么想听自己的故事，会不会这也是她开的毫无意义的玩笑，原本就没有什么特殊目的呢？他看不懂，不知道比自己小了十来岁的女人究竟在想些什么。

"你要是愿意讲给我听，我就签字。"

正崎没再继续思考下去，就算思考了，最后他也只能接受女人提出的要求。如果拒绝了女人，正崎就必须重新构思取得供述的其他方案，他已经没有时间了。要是聊一聊自己的故事就能让女人签字，那是再好不过了。

不知不觉中，正崎心甘情愿地接受了女人提出的交易。

8

接下来发生的事情十分奇异。

检察官对知情人讲述自身经历，这样的事情通常是不可能出现的。

要说是为了审讯，问话过程中加点闲聊倒是常见，可详细到出身、学历等个人信息的就真是史无前例了。这样异常的事情持续了大概三个小时。

一开始的时候，正崎不知该说些什么，于是就像介绍简历一样，说了自己的基本情况，接着平松绘见子就开始主动提问。

"老家是哪里？"

"有兄弟姐妹吗？"

"有什么兴趣爱好吗？"

她完全是一副刨根问底的架势，就连住址和电话号码这种个人隐私，都能半点不带犹豫地问出口。那样的问题正崎实在无法回答，被拒绝之后，平松也不再继续追问，马上又会跳到下一个问题。

如果只是像这样回答问题的话，估计也用不了三个小时。

可随着话题的不断深入，平松提问的核心不再围绕着正崎的外在进行，转而开始瞄向正崎的性格、心情、人性。

"性行为……对，接下来就问有关性的问题。"

平松大大咧咧地开口问：

"您是怎么看待避孕的呢？"

"怎么看待是指……"

"您觉得避孕是错的吗？"

"不算错吧。有时候偷偷把孩子生下来了，也很难给孩子一个良好的经济和成长环境。从孩子的角度出发来看，大人应该在合适的时机里怀孕生产，我不认为避孕有错。"

"生孩子是好事吗？"

"我觉得是。生养孩子应该是一件值得称赞的事情。"

"那不生是错吗？"

"不能这么说。现在是一个尊重多种生活方式的时代，不结婚，不生育也是一种人生，不能说是错。不同的价值观应该得到尊重。"

"不同的价值观应该彼此尊重吗？"

"当然。"

"即使互不相容也是吗？"

"不能因为价值观互不相容就互相排斥。大家要互相了解彼此的价值观，思考如何共存。如果不能彼此认同，最后的结果就是战争。"

"不能有战争吗？"

"这还用说吗？"

"如果有人厌恶战争，有人崇尚战争，那他们应该认同彼此的价值观，思考如何共存吗？"

"这个……"

正崎一时失语。这是个奇异的思考实验。崇尚战争的人会发起战争，而厌恶战争的人会为了消除战争而斗争。两者分属正负两极，难以共存。对正崎来说，崇尚战争的价值观本就令人完全无法理解。

"您刚刚说，生孩子是好事，对吧？"

"嗯。"

"不生孩子也没有错。"

"嗯。"

"那杀死孩子呢？"

"当然是作恶了，绝不能得到认同。"

被问了个不算问题的问题，正崎觉得自己是被平松愚弄了。

"怎么，难道你觉得杀人不是作恶吗？"

"怎么会呢？"

平松瞪大了眼睛。

"杀人是非常罪恶的事情，我觉得是最罪恶的，罪大恶极。"

"嗯，是的。"

一股奇怪的感觉涌上心头。正崎说杀人是作恶，平松也表示赞同。两人明明意见一致，可不知为何，正崎总觉得自己和平松说的不是一回事，就好像两个齿轮凹对凹，凸对凸，完全没有嵌合一样。

"您的名字是不放过罪恶的意思吗？"

平松伸出细长的手指，触碰名牌上的"正"字和"善"字。正崎一阵恶寒，感觉那根手指好像就逡巡在自己的本质上。

"正义与邪恶……善与恶……"

平松抬起头，看向正崎的眼睛。

"检察官大人。"

"什么事。"

"什么是正义呢？"

正崎答不上来。

9

　　正崎独自待在办公室里撰写供述调查书，平松绘见子和奥田事务官在提供给知情人的休息室里等待。平松说要小睡一会儿，现在大概已经在梦里了吧。

　　如平松所愿，正崎讲了自己的故事，也尽力回答了平松提出的问题。一切结束后，平松满意地淡淡微笑，最后一刻都还在戏弄正崎。不过，现在正崎总算不用再面对那个女人了，等她从睡梦中醒过来，就让她在调查书上签字，这样事情就算告一段落了。

　　突然，一个不好的想法浮现在正崎脑海中。

　　如果平松还是拒绝签字呢？

　　这个问题正崎自然是考虑过的，却也并不想深究。万一真的出现这种情况，正崎无计可施。仅凭自己的手段，他无法赶在开会之前拿到供述。

　　平松如果真的拒绝签字，正崎就只能使一些违心的手段，用特搜部的"方式"逼她签字。然而，这样做并不能保证一定有效，最重要的是，它违背了正崎的初衷，是不光彩的手段。

　　想到这里，正崎不由得回想起刚刚被"什么是正义"的问题问倒的事情。正崎无法定义什么是正义，却已经认定特搜部的手段并非正义，可见他心中必定是存在一套评判标准的。但当被人要求解释正义时，正崎却无法将之明确地表达出来。善恶、道德，他自孩童时期就一直在学习了解，可如今长成了大人，却还是没有得到解答。

正崎大力摇了摇头。

他收回思绪。多思无益，现在不是考虑这个的时候。女人如果乖乖签了字，那就什么问题都没有，自己也不用采取强硬手段了。

正崎快速敲打着键盘。对付那个善变女人的方法，就是趁她还没改变主意之前，把调查书摆到她的面前。

凌晨一点多，正崎终于写完了供述调查书。他把调查书打印出来，立刻离开了办公室。距离把平松送到休息室只过去了两小时左右，平松很可能还在睡觉，可正崎不可能就这么等到早晨。他要向平松宣读调查书内容，如果平松没有异议的话，再让她签字。正崎不知道自己是否还会遇到阻碍，不到最后一刻，他就不能掉以轻心。

他敲响休息室的门，没有人应声。正崎没再等，径自开门走了进去，只见奥田坐在办公桌旁的椅子上，人还醒着，却有点迷迷糊糊的。

正崎环顾室内。

"喂。"

他叫了奥田一声。

发现正崎来了，奥田一下子打起精神，眼神四处游移。

"平松绘见子呢？"

"……那个……"

"……平松绘见子呢？！"

正崎大吼了一句。奥田的目光闪躲不明，看起来狼狈不堪。他这个样子显然有问题，正崎抓住他的衣领，把他揪了起来。

"说话！发生了什么？平松去哪里了？"

他大力地摇着奥田，奥田不敢正眼瞧他。

"回答我！你倒是说句话啊！奥田！！"

"那个……"

奥田声如蚊蚋。正崎拉着奥田的衣领，把耳朵凑到他嘴边。

奥田像是被扼住了喉咙一样，用细小的声音嘟囔着说：

"她，回去了。"

他说完这句话就失了力气，软绵绵地倒回到椅子上。

"可恶！！"

正崎扔掉供述调查书，飞奔出休息室。

把奥田丢给别的事务官之后，正崎开车奔出了检察厅。深夜的霞关人迹寥寥，他一口气把油门踩到最低。

副驾上放着开了机的笔记本电脑，GPS 软件界面里显示着地图，地图上的标记不断移动着，看来放在平松绘见子鞋里的定位器还在如常工作，这条重要的线索并没有断开。

标记移动的速度很快，显然是在车里。它已经远离了霞关，沿着首都高湾线，向千叶的方向而去。定位器所在的位置距离检察厅三十多公里，即便正崎出特搜部后很快开了车追赶，大概也还要将近一个小时才能追上去。

这么看来，早在一个小时之前，平松绘见子就已经逃走了。

这中间一个小时的时间里，奥田究竟在做什么？话说回来，一小时之前，他为什么会放走平松呢？奥田是个十分得力的助手，不可能会疏忽大意犯下放跑知情人的愚蠢错误。他刚刚的样子非常可疑，整个人狼狈不堪，又说不出自己做了什么，样子实在难看。以协助调查的名义办事，局限性就在这里。要是把人放到审讯室里，就能通过监控掌握人的一举一动，可休息室里是没有监控摄像头的。

究竟发生了什么？

GPS标记在千叶站前转了个大弯，似乎是到了东关东机动车道上。正崎边开车，边腾出一只手点了下界面。地图显示出更大的范围，界面框里能看到很远的地方。

标记所在的道路前方是成田机场。

女人准备远走高飞吗？不对，现在是凌晨两点，成田机场没有始发的深夜航班。那她是准备藏在机场周边，到早上再走吗？成田机场附近有很多酒店。

正崎踩下油门，以一百二十公里的时速飞奔在湾岸道路上。深夜的道路冷冷清清，想开多快就能开多快，可与此同时，对方也在飞速移动着。正崎与GPS标记之间的距离只能缓慢地一点点拉近。

四十分钟后，就在正崎快追上GPS标记时，它在成田的高速立交桥上拐了个弯，到了新机场大道上。这条路再往前就只有三四家酒店，正崎本以为女人会入住其中一家，他的想法很快就被推翻了。只见标记径直通过酒店区，向着成田航站楼的方向过去了。

标记的移动速度慢慢减缓，最后停在了航站楼南翼的廊道附近。

正崎看了看自己的位置。距离航站楼还有两公里，飞奔过去要一分钟。他放了心，才一分钟时间，女人哪里都去不了，也没法藏身，人应该可以抓住。

正崎的车高速冲进廊道，只见前方几百米远的地方停着辆出租车，一个像是司机的男人站在车外，除此之外，周围再没有其他的车了。就是那辆。正崎紧急刹车，冲到了出租车旁。他飞速跳下车。

"车上的女人去哪了？"

出租车司机惊讶地转过身来。正崎没看到平松的身影，他逼近上了年纪的司机身前。

"东京地方检察厅！你是不是在东京载了个女人？她去哪了？"

"啊，那个……"

"那个女人穿藏青色连衣裙，留的长发！她应该坐车到这里了！她现在去哪了？回答我！"

"不是，那个人……"上了年纪的司机害怕地回答说，"那个人只是拜托我把东西拿到这里来而已。"

正崎的大脑瞬间一片空白，他很快回过神来，一句话从嘴里脱口而出。

"把门打开！"

司机慌忙回到车边，打开了后排车门。正崎死死地盯着车里的东西。

后排座位上空无一人。

平松绘见子的鞋倒在座位下边。

正崎狠狠地砸向座位。

10

办公室里一片寂静，连敲键盘、翻文件的声音都没有。百叶窗的缝隙里漏进几丝光线，正崎无力地靠在椅背上，面色憔悴。

回到检察厅后，正崎立刻找奥田询问事情经过，奥田的回答却完全不得章法。问他问题，他答得结结巴巴，整个人惊慌失措，说不出任何东西。无奈之下，只得把他打发到另一间房去休息。正崎单手掩面。

最坏的结果出现了。

正崎没能打动以知情人的身份带回来的女人，得到自己想要的证言，还把得知了特搜部行动的女人给放跑了。想想就知道，这就是最坏的结果，绝对不会有比现在还要糟糕的情况了。

如果平松绘见子回到了安纳身边，野丸集团立刻就会知道特搜部正在着手调查他们。知道了特搜部的动向，他们就会加强戒备。等他们丢弃棋子，销毁证据，完成一切"清理"后，特搜部再厉害，也很难对他们提起诉讼了。事态紧急，刻不容缓，如果不立刻进行强制搜查，特搜部将失去一切转机。

可正崎手里还没有证据。

要想在之后的御前会议上说动高层，正崎就必须拿到平松绘见子的证言，然而现在女人已经不见了。

正崎深陷的双眼凝视着桌面，打印出来的会议汇报大纲已经摆在了桌上，里面记载着他两周以来的所有调查结果。

麻醉科医生因幡信与野丸龙一郎的私人秘书安纳智数有过接触。

因幡信离奇自杀。

安纳涉嫌利用女B，与东京建筑业协会会长地岛达成选举舞弊交易。

事务官文绪厚彦调查事件时自杀。

安纳涉嫌利用女C，与日本医师协会东京分会达成选举舞弊交易。

域长选举的主要候选人野丸龙一郎、柏叶晴臣、河野大辅、斋开化之间存在某种神秘联系。

新域域长选举活动里潜伏着巨大的暗影。

正崎紧咬牙关。

事情不对劲，必定有人犯下了重大罪行，可他现在还没有掌握任何具体的事实。现有的这些信息足以令人产生怀疑，但要真的出动特搜部还远远不够，它们并不是确凿的证据。所有的信息都很零散，没有能拿来说动高层的正当逻辑。

可即便如此，他还是必须出动特搜部。

正崎伸手拿过大纲。既然只有它，就只能拿它战斗。他要在御前会议上说动高层，把自己正在调查的这件事转为特殊直告班的案件。打倒大型犯罪、大规模案件正是特搜部检察官的职责所在。

文绪期望成为的，应该就是这种守护正义的人。

内线电话响了。收到守永来电，正崎离开了办公室。

守永在特搜部所在的最高检察厅走廊里等待正崎。两人会合后向会议室走去。正崎落后一步，跟在守永身后。

早上，正崎已将此前的所有不如意汇报给了守永。当时的守永没有呵斥正崎，只是面上满布冷峻，直到现在都没变过表情。正崎走在后头，凝视着上司无言的背影。

愧疚的情绪溢满心头。

守永给了正崎信任。他相信正崎的怀疑，同意让正崎去调查，还在特搜部内部部署安排，给了正崎充分的自由。他相信正崎所说的，能够从女人那里拿到证言的话，用尽一切办法促成检察首脑会议召开。

然而最终的结果却是现在这个样子。如果对此次事件展开调查的请求被御前会议否决了，他身为特搜部部长的信誉也会受到损害。辜负了守永的期待，正崎心里悔恨万分。

"正崎，"守永没有回头，他说，"别想太多，把一切说明白了就行。从开始调查的起因到目前掌握的线索，事无巨细地如实报告出来，之后我也会帮忙活动。"

正崎答了声"好"，声音里饱含万千思绪。即便到了这一刻，守永依然站在他的身边。

所以，正崎也不能就此放弃，他告诉自己，要多动脑筋，思索到最后一刻。为了得到御前会议的首肯，他不能漏过任何一个微小的成果。有没有什么地方被忽略了呢？

就在这时，正崎的大脑角落里突然涌上一个小小的疑问。几小时前，当他因为放跑了平松而焦躁不已的时候，并没有想到其中一个非常细微的不对劲的地方。

平松绘见子究竟是怎么发现自己鞋里藏了定位器的呢？

定位器非常轻薄，如果不是有人提醒，一般人根本发现不了。专业探测器或许可以检测出来，可平松不可能随身带着那种东西。

会不会是有人走漏了风声？可知道正崎在平松鞋里藏了定位器的人寥寥无几，除了正崎自己以外，就只有半田、守永、奥田三人。如果真有人说出去了，那个人可能就是和平松一起待在休息室里的奥田，可奥田怎么可能向知情人泄露如此重要的信息呢？

没等想出个所以然，正崎已经走到了会议室门前。他甩掉脑海里的种种杂念，厘清思绪。现在不是想定位器的时候，他必须集中精神应对接下来的御前会议。

守永在门上轻敲几声，缓慢地推开了大门。

宽敞的会议室里摆了三张桌子，里面已经来了十几名检察厅的高层干部，有东京高检的检察长，最高检察厅的副检察官，随便拎出来一个都是身为普通检察官的正崎完全没有机会接触到的大人物。坐在正中央的，是御前会议里相当于天皇一般的领袖——最高检察长。

所有人的视线都汇聚到了走进门的守永和正崎身上。

两人一起走了进去。正崎作为负责人，接下来要做事件汇报，他走到了三面桌子围起来的场地里，站在了会议室中央。守永站在正崎身后，注视正崎的汇报。

众多高层的视线全都倾注到检察官正崎身上。

正崎挺直脊背，坦然地迎接投向自己的视线。他觉得自己就像一个待价而沽的商品。那些带有强烈审视意味的目光打在他身上，似乎是在评估一个普通检察官负责的案件究竟有多重大，是不是真的有拿到御前会议上讨论的价值。

就在这个时候，正崎心里涌起一丝说不清道不明的异样感觉。他茫然地环顾四周，如眼前所见，自己确实是在检察首脑会议的会场上，各位高层齐聚一堂。正崎仔细地观察每一张脸，然后发现了一件事。

没人看过自己撰写的报告大纲。

没人看过正崎撰写并事先发放下去的调查资料，甚至都没人翻开过那本资料。几乎所有与会人都无视了报告大纲，只是沉默地观察着正崎。

好像比起事件本身，他们更关注的是正崎这个人。

"接下来由负责调查此次事件的检察官汇报事件梗概。"

身后的守永开口了，然而最高检察长却轻轻抬起手，制止了正崎的汇报。"人还没到齐。"检察长说着，指了指会议室的墙边。

三面桌子围成的场地外边，一把椅子孤零零地摆在那里。

可以拿来当观摩学习区的位置上只放了一把椅子，是不是除了按规定出席的检察人员以外，还有其他参会人呢？正当正崎这么想的时候，会议室里面的一扇门打开了，一个男人出现在门口。

正崎瞪大双眼。

男人施施然进了会议室，向着准备好的那把椅子走去。正崎的眼睛死死地盯着男人。大脑还没反应过来的时候，他已经在随着男人的步调扭转视线，直到男人坐上了椅子，他还紧紧盯着男人的那张脸。

原众议院议员野丸龙一郎冷淡地看着正崎。

正崎的大脑乱作一团，他环视四周，看到出席检察首脑会议的所有人都以一副理所当然的表情坐在那里。正崎回过身，眼神与守永交汇。

特搜部部长守永泰孝平静地说：

"好了，开始汇报吧，正崎检察官。"

正崎脸面抽搐，表情扭曲。

更坏的情况出现了。

巨恶的触手已经缠住了检察厅内部。

BABYLON V

1

纸杯里的咖啡一口未动，就那么冷掉了。

正崎沉默地坐在特搜部部长室的沙发上，眼前是一个小时前自己还万分尊敬的守永部长。

正崎的脸像石头一样冷硬，脑海中极具冲击性的信息和感情漩涡使他的表情像是混合了所有的色彩一样，一片灰暗。

"解释。"正崎终于出声了，"能给我解释一下吗？"

"叫你来就是为了这个。"

守永的态度依旧如常。

正崎感到困惑。

以与巨恶斗争为使命的检察官，私底下却与巨恶身份的政治家有往来。在亵渎了以整个人生换来的尊严之后，这个人为什么还能这么平静呢？正崎完全理解不了。

"与其让我解释，不如你直接来问我。"

守永看向正崎。一直盯着装饰在窗边的正义天平的男人也回过了身。

野丸龙一郎缓步走近两人，随后坐在守永身旁的沙发上，把正崎为御前会议准备的大纲放在桌上。

"调查做得很好。"

野丸用像是教导孩子一般的柔和语调说道。

"能在有限的时间内查到这一步,不愧是特搜部的一把利剑啊。"

正崎无言地听着,大脑极速转动。野丸字句里透露出的微末信息可以一点点解开正崎的困惑。

告诉平松绘见子鞋里有定位器的人是守永。

如果守永是对方那边的人,奥田事务官犯下愚蠢错误的行为也就解释得通了。假设守永命令奥田放知情人回家,并且不要告诉正崎,身处命令大于一切的特搜部组织里,奥田也只能遵从上级的指令。这么一来,奥田怪异慌张的举止就有理可循了。

可这样的解释并不能解决所有疑问。

如果守永是对方那边的人,他又为什么会让正崎调查这件事呢?

"你的表情好像在说,如果我不快点解释清楚,你就要把我生吞下去。"

野丸的目光投注到正崎身上,里面看不出任何把正崎当傻子看的嘲笑、愚弄意味,目光里的坚毅镇住了正崎。

"了解完一切之后,你再好好考虑一下吧。"

2

"新域构想,"野丸组织着语言,"这是一个意图打造'第二东京'

的大型都市计划，是关于功能型核心城市的终极构想，目的在于解决远距离通勤，都市一极化等问题。政、官、商界达成空前统一，要合力推动建设二十一世纪的日本经济发展中心，这个中心就是'新域'。"

野丸翘起嘴角。

"他们就是这样对外称颂的。"

正崎皱起眉头。

"……实际并非如此？"

"打造经济发达地区这个主题当然没错，可新域还有一个没有公之于众的作用。"

"作用？"

刚问出声，正崎兜里的手机响了，他拿出手机一看，屏幕上显示的名字是三户荷。

"谁打来的？"守永问。

"DF。"

"接吧。"

正崎犹豫了片刻，不过事到如今，他也没什么可隐藏的了。他划开界面，接通了电话。

"大部分已经破解了。"

三户荷言简意赅地说。

三户荷说的是因幡信副教授的电脑。正崎上周拿给他，请他解析里面的数据。

"细节部分我之后再和你细说，先把大概的情况告诉你一下。"

　三户荷和往常一样，按他自己的节奏不断说着，大概还不知道正崎眼下正处于什么样的境况中。

　"那个密码等级很高的文件，里面放满了各种子文件，不过最核心的是两个东西，清单与名单。"

　"内容是什么？"

　"嗯，第一个是药物清单，列举的都是国内没有获得审批的药物，就是国外有人用，日本还不能用的。第二个应该是清单的附件，涉及很多个人隐私，里面列举了使用过那些药物的患者姓名，人数相当多，还有很多可以使用那些未审批药物的国内患者姓名。不知道这个东西是怎么做出来的，它很可能涉嫌违法……不过对患者来说，这可能还是个好东西。"

　"未获审批的药物清单……"

　听到正崎低语，野丸抬起眼。

　"先就说这些，我还有些事要告诉你，等下来 DF 一趟吧。"

　电话挂断了。正崎皱起眉，思索着三户荷带来的新信息。

　因幡信隐藏起来的文件。

　未获国内审批的药物清单。

　记录适用患者姓名的名单。

　"查得实在是深啊。"

　野丸低声说。

　"你们已经查到未审批药物那里了吧，特搜部还真是不可小觑。"

　"请做出解释。"

正崎不管不顾地质问野丸。

安纳依野丸命令行事，他出入过因幡信所在的科室，因幡信手里有未获审批的药物清单和患者姓名。所有信息汇聚成一个疑问，从正崎的嘴里蹦了出来。

"您想让因幡信做什么？"

"解决国内外药物不同步的问题。"野丸平静地答道，"我从日本医师协会里选了一批人，因幡医生是其中之一，我请他们和黎明制药公司共同研究如何解决药物审批时间过长的问题，这是国内医疗行业面临的当务之急。日本对新型药物、尖端医疗审批滞后的问题非常严重。国外新型药物获得国内审批所需的平均时长是一千四百天，真正投入使用需要四年，这对很多患者来说可能是一个致命的问题，我们必须尽快改善这种情况。"

听到野丸的解释，正崎更觉迷惑。

新型药物审批滞后的问题，正崎也有一定了解，他也知道很多人都希望这个问题可以尽早得到改善。可这件事为什么是野丸在推动呢，这和新域构想又有什么关系呢？

"我请了建筑业协会帮忙拟订放宽建筑管制的纲要。"

野丸的话题突然转了风向，话里的关键词引出了正崎脑海里的信息：建筑业协会，接受招待的男人，地岛晋造。

"我们预计在未来的五年时间里逐步放开建筑管制，有部分规定已经在新域放开了。国内第二高的高层建筑，新域政府办公大楼就用到了新域以外的其他地区不能使用的特殊技术和建筑工艺。如果建筑管制全面放开了，东京之前一直开发不了的废旧地区就能得到快速发展。总之，我们现在的阻碍就是现行制度下的建筑管制规定，我们应该重新审视这些规章制度。"

野丸平静地叙述着。正崎不断思考，想要理解野丸的意图。他听懂了野丸谈到的事情，却依然看不出野丸所讲的和这次的事件有什么关系。

"我请工会在新《劳基法》一事上提供协助。"

野丸的话题又跳到了另一个新领域。"工会"一词唤起了正崎新的联想：东京工会会长太田，在箱根接受招待的老人之一。

"随着社会的变化，人们对工作方式也有了新的需求。重新制定雇佣期限，推动老年人聘用市场的标准化……总而言之，想改革劳动法就必须得到最大的劳动者团体——工会的理解。正崎检察官，我前面说的所有事情你都能理解吧？"

正崎诚实地摇了摇头。野丸的话究竟意味着什么，他一无所知。

野丸耐心仔细地解答道：

"医师协会、建筑业协会、工会，这些机构都是选票来源，同时也是建设新域的业务组织。"

"建设新域？……"

正崎的困惑到达顶点。

"你准备对新域做什么……你究竟要在新域做什么？"

"一切。"野丸说出了答案，"做日本还没做到的一切。"

……

"新域是先于日本试运营新法的特别行政区，是国家的实验室。"

3

"新域今后会被建设成独立性远超现有都道府的地区，它将得到可与中国的香港、澳门特别行政区，格陵兰岛自治区媲美的高度自治权，在此基础上实施、运行新域独有的法律——域法。作为开拓者，新域将挣脱积弊已久的现行体制，尝试运行日本全国难以贸然推进的先驱型新法制。"

正崎竭力消化着野丸的解释。

野丸描绘的图景非常宏大，超出了正崎的想象。域长选举已经算是很大的政治事件了，而野丸刚刚所说的内容更在其之上，走得更远。

自治权可与中国香港媲美的国内新型独立自治体。

新法的试运营地区。

"制度建设已经在悄悄推进了。"野丸继续说，"初始阶段还是得延续现行的制度。日本这个国家和日本国民在面对重大变化的时候必定要表现出反抗的态度。我赞赏这种务实精神，也认同它是一种美德。毫无疑问，就是够务实，日本才会在战后发展到如今这个程度。可现在仅靠务实已经不行了，这个国家必须进入一个新时代。我们要在未知的领域寻求新的价值，推出领先世界的法治，引领各个发达国家。"

到这个时候，正崎才终于跟上了野丸的思绪。这并不是因为他的能力不及野丸，两人只是所处的位置不同，专业领域不同而已。

正崎是检察官，野丸龙一郎是政治家。

野丸谈到的不只是新域这个新行政区，他还扩展了好几千倍，提到了社会结构、世界。对身为检察官的正崎来说，这些议题太过宏大，思考起来力不能及。

以日本为舞台，面向世界的超大型政治计划，新域构想。

国家的实验室，"新域"。

"为了这个目标，"尚处在愕然之中的正崎挣扎着反问道，"为了实现新域构想，所以你就暗中操控新域选举，想要当选首任域长？……"

野丸双手交叠放在膝上，开口说了句话。

他的回答又一次超出了正崎的认知。

"斋开化会胜出。"

"什么？"

"斋开化会当选，新域首任域长将是斋开化。"

4

守永站起身，把自己桌上的报纸拿了过来。《晨报》的一面摊在桌上，上面是一篇题为"选举大战白热化"的报道。报纸版面上印了一张很大的照片，照片里的人是正在进行街头演讲的人气候选人，年轻的斋开化。

"既然你在追查选举违法事件，那你可能已经发现了一件事。"

听到野丸开口，正崎抬起脸。

"这次选举里的五位主要候选人都建立了合作关系。"

野丸平静的话语里接连蹦出令人惊愕的信息。调查事件的过程中，正崎确实看到了候选人之间的些许奇异联系。

可他怎么也没想到，主要候选人竟然全都结成了同盟。

"我们彻底掌控了包括医师协会、建筑业协会、工会在内的选票集聚地，即便有浮动选票的影响，我们依然能完全决定选举结果。最终当选的人会是斋开化。"

"为什么？"正崎下意识地问了出来，"为什么要让斋开化当选，而不是你自己呢？"

"我们需要激情。"野丸认真地回看正崎，"新域接下来会进行大规模的社会制度改革……这是一场革命。革命最需要的不是推演到极致的理论，也不是正确的思想，而是激情。它需要能够鼓舞全体市民，把所有人都团结起来的激情。要产出这样的激情，就必须有一个强烈吸引市民，拥有浓厚个人风格的领导人。我们需要一个可以煽动、集结人的激情，让大家朝着同一个目标共同奋斗的强势革命家，可我们不能等这样一个人碰巧出现，所以，我们只能亲手打造一个出来。"

"打造……"

"在域长选举这个大舞台上，最年轻的候选人斋开化打败了东京都知事河野、民生党副代表柏叶、艺人青坂，还有我这个自明党干事长，戏剧性地当选了首任域长。一个年轻又有实力的新秀政治家闪亮登场，由此带来的人气和热度会直接成为改革的动力。"

正崎咽下一口唾沫。从刚开始追查这桩事件开始，他就一直觉得事件背后潜藏着巨大的暗影，没想到出现在眼前的，竟是一个远远超出了自己预想的宏大计划。

国家的实验室，新域。

掌控新域的革命家。

意图亲手创造出这一切的巨大权力。

"这就是我们推进的新域构想全貌。"

野丸说完，直直地看向正崎。

正崎被镇住了。野丸龙一郎相信自己所做的事情是正确的，为此，他已经做好了排除一切困难，付出一切代价的思想准备。身为政治家的野丸主动落选就是出于这个原因。这个男人还打算亲手推行新域构想这个前所未有的计划。

比起眼前的野丸，现在的正崎显然落了下风。

思想上如此，力量上也是如此。

野丸身边聚集了执政党、在野党、相关企业、政府部门、政商界等一切资源，本应对他实施管束的法务省、检察厅也成了他的同谋。违反选举法，利用女色行贿，所有的一切都会埋葬在黑暗中，就像从来没发生过一样。区区一个检察官对他的威胁甚至不及蚊虫叮咬。绝对的，压倒性的权力压制了正崎。

然而……

即便如此……

"野丸先生……"

正崎振作精神，强势回看野丸的双眼。

"为了这个计划……"

正崎把手伸进怀里，从衣服内兜里拿出一个黑色的盒子，把它摆在了桌上。

那是文绪的检察事务官证明。

"你是不是还沾上了人命？"

5

一阵沉默笼罩下来。

正崎没有调转视线。

野丸也没有调转视线。

两人一个出于人性发问，一个接受着人性的拷问。

"正崎啊。"打破沉默的不是他们当中的任何一个，而是守永，"接下来说的话，你可能不会相信，先听着吧，你自己做判断。"

正崎感到茫然，向守永投去疑问的视线。守永沉吟片刻，开口说："因幡信副教授和文绪的死与我们无关。"

"你现在跟我说这话！"听到的瞬间，正崎一下子冒了火，"你以为这么说我就会相信吗？"

正崎向守永宣泄着自己的怒火。守永说的话根本站不住脚。因幡信从事过与新域有关的机密工作，文绪追查过选举舞弊事件，这两人都离奇自杀了。要说野丸那帮人没有牵涉其中，未免太不合理了。

"你会这么想很正常……要是我来调查，肯定也会做出和你一样的判断。我只能说，我说的是事实。"

"真是荒谬。"

"正崎啊，你想想看，杀了文绪对我们有什么好处呢？我可是能给你们下命令的人，如果不想让你们调查，我随时都可以叫停。我有必要特意致使调查人员离奇死亡，加重自己的嫌疑吗？"

正崎稍稍冷静了一些。守永说的确实没错。文绪突如其来的自杀十分可疑，它无疑成为推动正崎加速启动强制搜查的原因之一。

"所以我才会让你去调查。"

"什么意思？"

"最开始是因幡信自杀，这个消息对我们来说像是晴天霹雳一样，我们不知道他为什么会自杀，所以才让放在我眼皮底下的你和文绪去调查……结果文绪也自杀了。说实话，我到现在都不知道究竟是怎么回事，我也和你一样想要查明真相。所以啊，正崎……"守永露出歉意，"能请你继续追查这件事吗？"

正崎的眉头皱得比以往任何一次都更深，"您在说什么啊……"

"作为你的上级，我希望你能继续调查下去。"

"我已经知道了一切。"正崎带着困惑说道，他不知道守永在想些什么，"选举舞弊的内幕，域长选举背后的密谋，我全知道了，这不就是特搜部应该追查的大型组织犯罪事件吗？这件事绝不能就这么姑息。可你现在却让我睁一只眼闭一只眼，还像之前那样继续调查？

可笑，太荒谬了。"

"我说过，你自己做判断。"

"怎么可以这样……"

"我不是为了利用你而欺骗你，我是希望你在知道了真相之后，可以主动帮助我们。野丸先生和我，还有与这件事有关的所有人都相信日本需要新域这样的新行政区，我们相信新域构想就是正义，并且为此而努力。所以，我希望你也能来帮我们，我们需要你的帮助。"

"不要强人所难。"野丸说，"让他自己思考、决定就好。你如果反对我们，也有你能做的事情，可以告发给媒体，或者在特搜部内部集结和你站在一边的同伴。如果实在无法接受我们的行为，你还可以坚信自己的正义，与我争斗。只不过这个时候……"野丸沉静坚定的眼睛看着正崎，"我不会轻饶你。"

正崎被野丸压制得动弹不得，吞了口唾沫。

他的后背涌起一股寒气，仿佛是被利刃刺中了一般。

"正崎检察官，好好考虑吧。"

6

"咦？"

人美惊讶地看着走进家门的正崎。

"今天这么早啊。"

她说着看了看钟，时间是晚上六点。正崎从没回来得这么早过。

"明日马，那你和爸爸一起去洗澡吧！"

明日马飞奔过来，扑到正崎跟前，一副很久没在睡觉前看到父亲回家的样子。

正崎把明日马带进浴室里，他觉得儿子好像不知不觉间长大了很多，再这么下去，他很快就会变成初中生、高中生。

到那个时候，自己在做什么呢？身体健康吗？还会是一名检察官吗？

还是一个正直的人吗？

泡澡的时候，明日马问："爸爸，你每天都在做什么呀？"

"在抓坏人。"

正崎说不出这句话。

7

人美和明日马睡着后，正崎在客厅喝酒。他从来没在家里喝过酒。没别的酒可喝，正崎就打开了年末时收到后就一直放着没动的白兰地，冰都没加就往下喝。

到底该怎么做呢？

正崎知道了选举背后的重大阴谋，知道了无数违法行为正在发生，那么，身为检察官，他就应该搜集证据，提起诉讼，予以严惩。这是他的职责、本分，是正义之举。

可他真的能做到吗？

如果仅凭告发就能简简单单摧毁野丸的计划，野丸就绝不会向正崎透露真相。他既然说出了一切隐情，那肯定是拥有绝对的自信。

就算正崎告发了他们，搅乱特搜部，对方也能轻松掐灭一切火苗。毕竟，检察厅都已经掌控在了对方手中。显而易见，就算正崎非要扑腾，他也得不到搜查、起诉的机会，最后还会被解职。

正崎无法抗衡。

现在的他就算抗衡了，最终也只会以惨败收场。

挑战对方，正崎可以守住自己的骄傲。

但却守不住正义。

"……文绪。"

正崎嘴里吐出搭档的名字。

文绪说他想成为守护正义的检察官。

正义，究竟是什么呢？

8

正崎在霞关站下车，从平时的出口走了出来。通往检察厅的一百五十米路途和从前一样，没有丝毫变化。正崎向着中央联合办公楼六号馆走去，进了自己所在的东京地方检察厅。

他敲响了特搜部部长室的大门。

守永在办公室里等待正崎，身后是一直没变过造型的正义天平，两边的平衡预示着司法公正。

正崎挺直脊背，站到守永桌前。

"关于因幡信和文绪的自杀，我会继续做专项调查。"

他在天平前宣言。

"你想好了？"

"不。"正崎坚定地否定道，"对于这次的一系列事情，我完全无法认同，我为种种罪行无法立案感到遗憾。可现在的我没有能力阻止你们，所以，我甘愿受制于你们。"

"甘愿？"守永扑哧一声笑了出来，"你的脸上可看不出甘愿啊。"

"我会先调查文绪的事情。我一定要找出杀害文绪的凶手。那个人犯下了恶行是不容辩驳的事实。"

"抓到凶手后，你打算怎么办？"

"到那个时候，我会再仔细想想你们做的事情究竟是对是错，以及何谓正义。"

"很好。"守永微笑着说，"我已经老了，到了这个年纪，有些想法早就根深蒂固，改不了了。可是你还可以不断思考，思考我们做的事情是不是对的，是不是出于正义。如果你觉得我们是错的，打倒我们就好，虽然你的对手很难搞定……"

守永从椅子上站起来，把手放到桌上的纸箱上。纸箱侧面贴了便笺，这样的纸箱正崎早已见过了无数次。

"一起实现我们的共同目的吧！"

正崎的眼光落到纸箱上，里面有他梦寐以求的事件线索。

那是特搜部搜查得来的扣押资料。

　　"这是因幡信的私人物品，是我们拿了搜查令，从圣拉斐拉医科大学和各个相关机构收集得来的，现在也没有必要对你隐瞒了。你好好调查吧，早日查出因幡和文绪自杀的真相。"

　　正崎点点头，拿过了纸箱。

9

　　两天后，新域域长选举迎来了投票的一天。

　　当日开票后，最年轻的候选人斋开化出乎意料地压倒了其他强有力的竞争对手，当选了域长。

　　闪光灯聚焦的直播画面中，成为首任新域域长的斋开化发表了关于未来世界的演讲。

BABYLON **VI**

1

距离 JR 横滨线桥本站五百米左右的地方建起了大型的综合购物场所。这块地皮上原先盖的是一家制钢厂，现在变成了关东地区屈指可数的购物中心，占地足有九万三千平方米，内设一百五十多家店面，此举同时也是为迎来磁悬浮新干线开通的桥本站再开发项目先行探路。

这一带原本是铁路、国道的交汇点，并借此发展了起来，以钢铁产业为首的众多企业都在这里建了工厂。如今，这样的传统没有消失，购物中心周边还散落着各类企业的生产工厂、办公室、研究所等等。

黎明制药公司的相模原分部就是其中之一。这是一家包揽了医药品研发、品质管理、生产业务的工厂，称得上是黎明制药公司的核心机构。

白色的矮墙围起来的一片场地中矗立着崭新的工厂厂房。厂房正面，以白色为基调的墙面里镶嵌着巨大的玻璃窗，比起厂房，看起来倒更像是新潮的大学或文化场馆，侧面的深灰色墙壁上印着从太阳与星星的图案中脱胎而来的公司标志。正崎透过车前窗仰视着那个标志，边看边把车开进了停车场。厂房已经相当宽敞了，停车场竟然比厂房还更宽敞。

"占地很大啊。"

听到正崎低语，副驾上的守永回答说：

"因为这里远离市中心嘛。不过，今后这一带会成为新的城市中心，到时候大概也不能像这样占这么多地了。"

"出入口也多……"

正崎边找车位边观察相模原分部的结构。停车场以厂房为中心四散在各地，分部外围有好几个出入口，这让正崎觉得很难实施跟踪。另外，建筑物也在地块中间，所以很难从外部查探里面的情形。

"这地方就适合拿来藏各种秘密。"

"别说风凉话了。"

"我只是陈述事实而已。"

"确实是不能对外公布……"

两人下了车，穿过干净明亮的玻璃门，走过前台，坐上了去往地下二层的电梯。

电梯门打开，出现在眼前的一层楼铺着光可鉴人的大理石地板，十几个保安并排站在墙边，彼此之间隔开了一定距离。正崎和守永从他们身旁走过，渐渐听到了嘈杂的人声。

走到深处，两人面前出现了一扇厚重的双开门，门上没写任何指引文字。正崎推开门，嘈杂的人声和亮得刺眼的灯光同时向他袭来。

门里是一间至少有两百叠大的宽敞空间，地上铺了毛毯，并排摆着几张圆形的桌子，桌上放着菜肴和啤酒瓶。房里已经来了很多人，几乎所有人都穿着西装。正崎粗略地扫过一张张脸，有些人他认识，还有一些人是社会名流。

这些人都是"非公开新域构想"的参与者。

新域域长选举已经过去了两天。在今天，黎明制药公司的分部里召开了一场机密的"发起会"。

正崎跟着守永坐到了面前的桌子旁。

"里面有些人你认识吧？"

"法务省的人多少认识一些……再就是自明党、民生党的名人，其他的就完全不了解了。"

"剩下的不少人都是市政府那边的，官员大部分都来自法务省和厚生劳动省……还有一些是医药企业的高层。"

"要是我把认识的记者带到这儿来，他一定会喜出望外。"

"别说这种吓人的话。"

正崎再一次环视四周。

"域长选举的候选人没来啊。"

"选举虽然结束了，可媒体的关注度还没冷却，他们都比较谨慎吧。那个大大方方出席的男人倒是真有胆识。"

守永悄悄地伸出手指，手指前方是谈笑风生的野丸龙一郎。

由于在域长选举中落选，野丸如今已无职务在身。他既不是众议院议员，也不是地方自治体的首脑，只是一个失去了头衔的普通市民而已。

然而他的面上看不出一丝不如意，实际上，这个男人如今已经拥有了十二万分的影响力，他今后也会不断利用自己的影响力。这个推动"非公开新域构想"这种超大规模的政策走上正轨的男人，绝不会在完成前期筹备后乖乖退居二线。

"各位来宾，大家好……"

声音通过麦克风传到了全场，男主持人站在前面的舞台边上。

说是举办发起会，然而台上却看不到标牌，也没有任何展示此次集会主题的东西，当然，主持人也没有做详细解释。这是一个完全交给各位宾客自行琢磨的任性宴会。

例行公事的寒暄过后，男主持人开口说：

"接下来，就请当选新域域长的斋开化先生说几句话。"

受邀的男人走上台。

男人身穿黑色的西装，梳着大背头，露出整张端正的长脸。他细长的眼睛，秀窄的眉毛透出刀锋般的锐利感，而沉静的表情又冲淡了面相的锐利。

这就是新域的首任域长斋开化。

"首先，"透过麦克风，斋开化徐徐讲述起来，"我要向在场的各位致以深深的感谢。年仅三十，在政治世界里不过初出茅庐的我能被各位赋予新域域长这个要职，实在是万分荣幸。"

当选了域长的斋开化，说出的话里满是谨慎与谦逊，就像是下级面对着上级一样。实际情况可能就是如此吧，正崎想。

新域构想是以野丸为首的政商界名流推动的计划，域长这个角色只不过是其中一个显眼的零件而已，真正的引领者在暗处操纵着一切。

日本政治里延续不断的恶劣传统，在本应代表新世界的新域里打下了强韧的根基。

"今后还请大家多多指导监督。"

会场里响起掌声，鼓掌的宾客们都露出同样的满意表情，那是为自己的计划如自己预期般一步步向前推进感到的满意。

斋开化下了台，又开始一个个地和宾客们打招呼。正崎远远瞧着他对每一个人谦逊低头的样子。

"比你还年轻呐。"

正崎向着声音的方向回转过身，拿着酒杯的野丸龙一郎站在他旁边。

"我们最开始选择域长的时候，定下了好几个候选人，年纪最大的甚至都有五十多岁，结果最后选中了最年轻的斋开化。"

"为什么选中了他？"

"一是因为年轻。域长必须抓紧民众的心。要想收归人心，让民众觉得他们迎来了一位优秀的下一代领导人，年轻人会是更好的选择。再来，他很聪明，和自明党那群无能的小年轻比起来，他已经是出类拔萃了。不过最重要的原因，是梦幻。"

"梦幻……"

"极端点说，域长可以完全不懂政治，他要做的就是让市民看到宏大的梦想，他只要会表演就够了。"

"就是做一个能骗过两百万人的绝世骗子吧。"

正崎不知不觉间带上了厌恶。

野丸从容地笑着回答说：

"古代的政治是祭神。向大众传递神谕就是政治家的工作，过去从事这种工作的人叫演员。演员和政治家从根本上来看都是一样的，他们的职责都是对外说谎。"

"野丸先生。"

野丸向声音的源头看过去，斋开化疾步走到他跟前。野丸伸出手，斋开化两手齐握了上去。两人之间的互动不算过分，却从没在同一场选举里的候选竞争对手之间出现过。

"恭喜你了啊，斋。"

"非常感谢您。"斋开化用清透的声音利落答道。

"在场的人里有很多是想要从新域那里得到特权的企业人士……"野丸压低声音说，"新域确实需要钱，但你绝不能被钱束缚。"

"啊？"

"新域真正的追求不是发展经济，而是成为树立新政策的据点。金钱归根结底只是一种手段，只要哄商界的家伙拿出钱来就好了。不要忘了新域构想的根本理念。"

"我会铭记于心。"

斋开化的视线转向守永和正崎。野丸留意到了，为他做起了介绍。

"这两位是东京地方检察厅特搜部的部长守永，以及检察官正崎。"

"哟！是检察官先生啊！"

斋开化夸张地叫出声。正崎心想，演员这个评价说得挺准。野丸介绍完，正崎递出了自己的名片。

"原来如此。"斋开化看着正崎的名片说，"您的职责是守护正义啊。"

正崎微露惊讶。他想，在这个阴谋诡谲的聚会里，这人说这话是什么意思呢？一开始，正崎以为斋开化是在讽刺自己，可从对方那双细长的眼睛里，他却看不出任何讽刺的意味。

"正崎先生了解新域的作用吗？"

听到斋开化提问，正崎点了点头。斋开化也满意地回以点头。

"如果把合乎道理的事物称作正义，那我认为，新域的尝试就是真正的正义。"斋开化面色认真地说，"从这个国家，甚至是整个人类社会的未来出发考虑，新域推进的政策无疑是正确的，它将惠及人类。过于重大的变化，一开始可能都会遭受多方指责。可要不了多久，新的政策和法规就会被大家接受，还会被引入日本之外的其他发达国家。历史将证明我们是对的。"

斋开化伸出手。

"正崎检察官，在那一天到来之前，还请你多多助力了。"

正崎内心难以认同，他敷衍地回握了斋开化的手。

2

天朗气清。

多摩水道桥附近的多摩川河滩修成了公园，成为市民们休憩的场所。堤坝上铺设了路面，很多人在上面跑步、骑自行车，对岸的球场里是练习少年棒球的孩子们。正崎坐在堤坝上的草地里，望着对岸。河边有带土黄色简陋屋顶的小房子，是游船的登船点。

"我们上船聊？"

"我和你两个人去坐船？"九字院走过来耸了耸肩，"别了吧。"

"你又揪出大人物的狐狸尾巴了啊。"

听正崎解释完前因后果后，九字院的语气依然还是那么随意。要是换了别人，正崎可能要操心对方究竟有没有听懂，可对这个男人，正崎就是有一种奇妙的信任，他相信九字院已经明白了一切。

正因为如此，他把发生在自己身上的事全都如实告诉了九字院。正崎觉得，在九字院面前隐瞒事情很难，当然，他也存了想把对方拉进来的心思。

"这些事你可以装作没听到过。"

"那你一开始就不要告诉我啊。忘记听过的事情可是很难的。"

"但是你应该可以做到。"

"怎么办啊？"

九字院望着多摩川，像是在思考什么。

河面反射出强烈的光线，夏天临近了。

"这样吧。"不到一分钟，九字院开口了，"先暂时算听过了吧，如果形势不对劲了，再当我没听过，到那时还请你多配合我。"

正崎露出苦笑。对他来说，九字院的提议是最为理想的。他不想把九字院牵扯进来，却还是想得到九字院的协助。九字院完美解决了他充满矛盾的需求。正崎觉得，自己似乎有了很大的助力。

他从草地上站起身，换了个话题：

"我目前准备追查两起自杀事件。"

"那我们得先达成共识。"九字院屈起身子，压低声音说，"你是不是真的相信……因幡和文绪的死与上面那群人没有关系？"

"还没完全打消怀疑。可就像守永说的那样，杀了他们一点好处都没有。"正崎边思考边说，"如果他们真的做了亏心事，那为什么还会让我继续调查呢？"

"也有道理……"

"我没办法完全相信他们说的话，不过在这件事上，希望他们没有说谎。"

"也就是说，你认为把因幡和文绪的死伪造成自杀的真凶另有其人。"

正崎点点头。因幡的死还有很多未解之谜，可对于文绪的死，他比任何人都看得清楚。那是他相信存在凶手的唯一论据，也是最大的论据。

"有了新线索，真相更看不清了……"九字院打开笔记本，晃晃手上的笔，"因幡信在和黎明制药公司合作制定未获审批的新型药物清单以及适用患者的名单，没错吧？"

"没错。"

"也就是说，新域实行的新法制里包括了要让未获审批的药物尽快投入使用的内容。"

"是这么回事。"

"怎么说呢，"九字院扭扭脖子，"这应该是件好事吧。"

正崎想的也和九字院一样。总的来说，新型药物审批滞后的问题确实应该积极地予以解决。如此冒进或许也会带来对药物安全认识不足的问题，可抛开这一点，药物审批通过后，很多人将会因此获救。至少，应该没什么人会觉得这是坏事。

"文绪先不说了，我觉得因幡那边也不能不考虑自杀的可能，我之前一直觉得有两种情形。"九字院竖起两根手指，"第一种可能，人真的是自杀而死的。可能野丸交给因幡做的事情太罪恶，因幡扛不住良心的谴责，最终选择了自杀。还有一种可能，因幡是被野丸集团害死的。原因还是和上一个差不多，他承受不住罪恶感的谴责，准备告发野丸集团，于是就被害死了。"

九字院屈起两根手指，继续说：

"从这次得到的信息来看，两种可能都不成立。因幡做的是好事，野丸集团也没有对他下手。那究竟是谁出于什么原因杀害了因幡呢？又或者，因幡本人是出于什么原因自杀了呢？事情一下子变得扑朔迷离了啊。"

"因幡那边可能还要再多掌握一些他本人的信息……话说回来，我们最开始找到的线索就很可疑。"

正崎终于回想起一个线索。由于冲击性的事实接连发生，两相对比下，他一直忽视了那个线索。

那是他从因幡那里得到的第一个线索。

沾染了血液、毛发、皮肤碎屑的一张纸，上面写满了无数的"F"。

"是不是得更深入地查一查因幡的人际交往……"

"哦，对了，今天刚好有发现，是新出现的线索。我找到了这个。"

九字院说着，从口袋里拿出几张纸，纸上印的似乎是视频截图。正崎接过去，细细看了起来。

截图似乎来自街道上的监控摄像。画面像素不太高，里面是一条商铺、住宅交汇的道路，正中央有一个棕发女人。

"这个人……"正崎的记忆被唤醒，"莫非是 A ？"

"看起来很像吧？应该就是她。"

"是在哪里？"

"这是因幡公寓旁边的监控摄像头拍下的画面，视频显示的日期是因幡自杀的前一天。"

"没拍到安纳智数吗？"

"没有。我查了附近的其他监控，拍下来的都只有 A。"

"A 在单独行动？"

正崎困惑地歪歪头。他对于 A 的了解，仅限于这个女人曾和安纳一起拜访过因幡而已。A 一个人出现在因幡家周围是怎么回事呢？不管怎么说，她在因幡自杀的前一天出现在附近都是非常可疑的。

"正崎先生，现在安纳和野丸都可以协助我们调查吧？"九字院说，"那接下来是不是得审讯 A 了？"

正崎点点头，九字院的提议确实是行之有效的一招。如果 A 和因幡见过面，他们就能从 A 那里得知因幡在临近死亡的前一段时间里说了做了些什么，仅仅这一点就已经很有益处了。

"明天我请守永帮忙联系看看。"

"交给你了，那我们随时保持联络。"

九字院站起身，掸了掸屁股上的草屑。正崎也看着手机界面站起身来。两人一起朝车站的方向走去。

"对了，新事务官还没来吗？"

"没那么快……不管怎么说，案件就是案件，很多东西都不能让事务官知道。"

"也是。"

"哦，倒是有那么一个人……"

正崎想起了一个人。要说可堪一用，奥田倒是不错的人选。

审讯平松绘见子的那天，奥田放跑了平松，大概是守永让他那么做的。由此看来，奥田早已牵扯进来了。

如果可以的话，正崎希望能找奥田帮忙。奥田是个十分优秀的人才。况且，要是一直没有事务官过来，正崎就要自己处理很多杂事，分不出精力好好调查。这件事明天也和守永谈一谈好了，正崎想着，与九字院在登户站分开了。

3

办公室的电视正在播放午间联播节目。

正崎在查看新到手的调查资料，不时瞥几眼电视。再过一会儿就是斋开化的直播了。

选举结束后，关于新域的报道多多少少呈现出不断减少的趋势，可一时间还没有别的新闻能顶上来，民众对新域的关注余温未消。斋开化在选举中打败了以野丸为首的多位老将，他的热度目前正是登顶的时候，早已化身为了时代的代言人。节目组趁势策划了一个栏目，邀请新域域长斋开化与各个政党的年轻议员就某个议题展开辩论。广告快结束的时候，正崎调大了音量。

如果正崎现在还在负责阿格拉斯事件，他大概也用不着特意观看新域专题节目，但他现在追查的连环自杀事件显然和新域选举脱不开干系，那么相关的节目就也成了信息来源之一，必须看一看。

不过这次没必要录下来了。

"额——有个消息要先告诉大家。"电视里，主持人面对镜头说道，"今天，我们原计划请斋开化先生与执政党、在野党的各位议员就新域未来的发展方向展开激辩……遗憾的是，斋开化先生无法出席本期节目了。嗯——他的团队刚刚通知我们，斋开化先生身体不适，无法到场参加节目……"

听到这里，正崎抬起头，眉头紧皱。

这样的说法很难取信于人。在最后关头缺席政治讨论节目会给观众留下非常不好的印象，有些人还会认为这是一种逃避行为。

斋开化是野丸他们推出来的人，目的是以政治家的身份获取关注度，发挥领袖的功能。他在当选后做出这番举动，无疑会给好不容易通过选举积攒起来的人心泼一瓢冷水。难道，这又是故意为之的一种战略吗？

正崎拿起遥控器，关掉了电视。什么事都往深层想就没完没了了。他的视线再次回到了调查资料上。

正崎的期待落了空。从守永那儿拿到的，因幡信的私人物品里几乎找不到什么有用的信息，唯一可能派上用场的是新发现的一台平板电脑。和之前的笔记本电脑一样，平板电脑也加了密码，目前已经拿给 DF 室去破解了。拿到电脑的三户荷说得十分轻巧："是同一个人的吧，很快就能解开。"

正崎把有关因幡的资料收到纸箱里，眼睛看向自己的电脑屏幕。

屏幕上显示着 GPS 的日志数据，是正崎早已研究过很多次的资料之一——文绪最后一次调查时的定位记录。

上面详细地记录了文绪从监控 B 位于中目黑的公寓，到在公务员宿舍死亡期间的所有足迹。不消说，这则记录正崎已经看过了几十遍，然而在反复确认的过程中，他总能再次得到新的发现，毕竟看一次就得到所有信息的事情是很少见的。正崎用比对待扣押物证还要小心的态度观察着文绪留下的信息。他把地图上的标记放到最大，在脑海里重现出文绪当天的行踪。

文绪的车从 B 位于中目黑的公寓径直驶回了大久保的公务员宿舍，途中几乎没有偏离过既定路线。GPS 记录的行车路线在中野坂上站所处的岔路口转了个弯，上了通往大久保的一条小路。路虽然窄小，却也清晰地绘制在了地图上。定位器的精准度比之前以为的要好啊，正崎想。就在这时，他挪动鼠标的手突然停住了。

有点不对劲。

是什么呢？正崎自己问自己。他有种异样的感觉。为什么会出现这种感觉呢？

他猛然回过神，快速移动鼠标，屏幕上的地图一下子被拉回到中目黑的公寓前。正崎放大了公寓前的计时停车场，观察文绪在停车场里的移动轨迹。

有一段轨迹看起来很奇怪。

它偏离了停车场稍许，然后又折返回来。

定位标记出现在停车场前的道路上，十几分钟后又回到了停车场里。正崎一开始就看到过这段轨迹，但他当时只以为这是 GPS 精度不够造成的误差，没有放在心上。

可 GPS 绘制的道路精度很高，此时细细再看，这段轨迹有可能并不是误差。从轨迹的样子来看，正崎无法断定它究竟是文绪真实的足迹，还是信号误差。

4

"可以查清楚。"

三户荷简要地说。

"做个检测就能查清楚 GPS 信号轨迹究竟是人的足迹还是误差。"

三户荷边敲键盘边答道。DF 室真是太给力了，正崎刚冒出这个想法，就听到三户荷说了句"结果出来了"。

"不是误差，确实是人的行动轨迹。"

出办公室不过五分钟，正崎已经得到了答案。他再一次深深地感受到，今后的调查完全离不开 DF 的协助。

既然已知这段轨迹是真实存在的，接下来就要思考它的意义了。

带着 GPS 定位器的文绪去过离停车场不远的地方，十几分钟后又回到了停车场。这十几分钟的时间里，文绪应该不会一直站在路上。从定位标记透露的微末信息来看，当时必定是发生了什么。

"能看出来。"

正崎从屏幕前抬起脸。

"你指的是什么，三户荷先生？"

"你不是想知道文绪究竟做了什么吗？现在数据很详尽，是可以看出来的。"

"怎么看出来的？"

"不能保证百分之百。"

三户荷碰了下触控屏，打开了一个新窗口。他从几个软件图标中选中一个，打开了那个软件。屏幕上出现了朴素的灰框界面，像是个粗糙的免费软件。

"人的足迹其实是有规律可循的。"三户荷操纵着软件说，"用 DF 室制作的模型过一遍，就能提取出主要的行动模式，这样调查起来应该会更简单。"

"我不太懂，你教教我吧。"

"好好好，嗯——"

软件框里的白色界面上排列着一长串字母数字组合，三户荷熟练地按下快捷键，输入了轨迹数据，然后又回到了 GPS 软件的地图界面上。

"有三种可能性比较大的情形，首先是这个。"

地图上出现了定位标记和显示移动轨迹的红线，和正崎之前看过的不一样，应该是三户荷通过某种操作，从原有数据中提取出了文绪新的行动轨迹。

文绪出了停车场，走到公寓右侧的建筑前，然后又回来了。

"应该不是这个。"

"这个数据究竟是怎么来的呢？"

"这是放大解析原有数据，用预测的情形补足无法检测的部分之后得到的结果，所以会有纰漏，也不能拿来当证据。不过，不能拿来当证据是出于法律上的考虑，而不是数据本身有问题。不管我们怎么极力主张数据的正确性，舆论也还是会存有怀疑。只要案件不够轰动，证据的标准就不会变。不知道这个软件有没有摆到明面上来的一天，守永对这方面又一点都不热衷，DF 的电脑……"

"我们看下一个吧。"

三户荷点了下鼠标，地图上出现了新的轨迹，它延伸到了公寓和左侧的建筑物之间，和上一条轨迹的方向完全相反。

"应该也不是这个，看最后一个吧。"

第三条轨迹显示在地图上。

文绪的定位标记进入了公寓内部。

"这是……"

"大概是这个吧。"三户荷拢了把长发，手指向屏幕，"嗯，他在三点十二分离开停车场，进了公寓大门，然后停在了这里。他在这里又变了位置，应该是在走廊上，高度变了。"

"连高度都能看出来吗？"

"高度的检测误差比较大，不能拿来参考，不过高度产生变化的时间解析出来了，这样就能推断出他坐了多久的电梯了吧？应该是坐到了六楼或七楼，然后又开始移动，大概的移动范围在这一带。"

三户荷指了指四边形的公寓一角。正崎早已知道那个位置是哪间房了。

文绪留下的数字，701 号房。

B 就住在那间房里。

正崎脑海里换上了新的构想图，新出现的信息修补了他的想象。文绪死的那天，就在死之前——

他和 B 有过接触。

5

正崎向着特搜部部长室走去，边走边思考着。

查到这里，A、B 的身影又再度出现了。他所认为的两个选举工具，可能曾分别在因幡与文绪自杀前单独接触过他们。正崎必须找那两个人问话，弄清楚当时发生了什么。

万幸的是，他如今可以要求野丸配合自己调查了。这样看来，A、B 应该可以立刻以知情人的身份传唤过来。审讯平松绘见子的时候，正崎费了很大一番工夫，这回肯定不会再把人放跑了。

部长室到了。正崎正准备敲门时，门从里面打开了，正崎和守永来了个头碰头。

"你站那儿干什么呢？"

"啊，对不起。我想来找你谈一下调查的事情……"

"不好意思，我有点急事，现在没时间。我先出去了，有事明天再谈。"

守永拿着包疾步走远。正崎很少看到守永这么慌乱过，不过到第二天，他很快就知道了原因。

6

一大早，正崎还没来得及去找守永，守永就先把他叫了过去。

两人面对面坐在特搜部部长室的沙发上。正崎的表情比上次在这里听到域长选举真相的那一刻更加凝重、严峻。

守永的第一句话瞬间让他感到了事态的严峻。

"斋开化失踪了。"

"……失踪？"正崎下意识地皱起眉头，"什么意思？"

"就是字面意思。从两天前的晚上开始，我们就联系不到他了，他现在下落不明。"

正崎想起了昨天的电视节目。斋开化取消了原定的直播计划，他一直觉得不对劲，要是斋开化从前天起就已经下落不明的话，这件事就说得通了。

当选了域长的斋开化如今已是政要，这样的人物突然间失踪……

"他是犯什么事了吗？"

正崎想到就说出了口。以斋开化所处的位置来看，这种可能性是很高的。

可守永却敷衍地说："不太可能。"

"他的秘书、会计负责人、选举事务委员会委员长，还有其他亲信全都消失了。这不是两三个人，而是大几十号人，这么多人总不可能一起消失吧？"

正崎点点头。这么多人确实不太可能同时卷进同一起事件里。如果发生了违背他们本人意志的事情，那某个地方一定会留下漏洞。

"还有，"守永的语气更加凝重了，"有关域长选举的大堆资料也从斋开化的办公室里消失了。"

"什么资料？"

"选举相关的文件、数据和其他所有有关的东西，里面还有很多不能公之于众的资料。"

"也就是说，"正崎试探着问道，"斋开化带着一些很重要的东西主动消失了？"

"我们就是这样想的。"

"他的目的究竟是什么？"

"这个啊……他可能是想以这次选举舞弊的证据为挡箭牌，和我们做谈判。"

"谈判……"

正崎边说边思考着。斋开化是域长选举的核心人物，除了本人做证之外，他手里应该还有很多关于选举舞弊的重要证据。

可正崎很清楚，即便斋开化手里握有证据，他也无法轻易脱身。斋开化面对的，是政商界的超级联合体。要是仅以一己之力反抗，他最后很可能会被巨大的权力压得翻不过身。

"斋开化本人应该也再清楚不过了。"听了正崎的分析，守永接着说，"可他还是行动了。或许，他手里还有一张王牌，像是国内的政商界联合到一起也很难击败的对手……斋开化暗地里可能和国外的企业、政治家有联系。"

守永的话里透露出或许存在其他势力的意思。确实，放眼到国外去看，能够对抗大型新域计划的组织大概是存在的。必要的时候，斋开化可以逃往海外，守永他们不能保证斋开化和国外势力绝无牵扯。

"你是说，可能有外国资本企图侵蚀新域的经济？"

"有这个可能，要真是这样倒还好说……"

"这话怎么说？"

"就怕斋开化背后没有任何势力，那是最坏的情况了。"

守永深深吐出一口气。

"如果他没有任何后盾，只是一时冲动，我们就完全无法预计他会做出什么荒唐事来。"

"一时冲动……"

"斋开化还很年轻，他突然间获得了巨大的权力，于是不甘心只当一个傀儡……这种情况也是有可能的。"

"可他看起来不像那种想一出是一出的人。"

"我们一开始也是考虑到这一点，才选中了他……总之，现在的斋开化就是个移动炸弹。他手里的证据一旦公之于众，牵涉其中的人多多少少都会伤及根基。"

"正崎啊，"守永探身向前，"我们必须尽快找到他。我已经把这个任务分派给一些人了，可具体的详情不能挑明，我们只能小范围搜寻。你要不要也加入进来？你了解整件事情的前因后果，我需要知情人的帮助。"

正崎毫不掩饰地皱起脸。

"别露出那种厌恶的表情。"

"我就算加入进来了，同样也不能说出背后的隐情，多一个人也起不了什么明显的作用。"

"多一个人就是多一分力量，毕竟时间已经不多了。"守永看向挂在墙上的日历，"后天，也就是七月二号，新域政府大楼就要投入使用了，届时将会召开域长的就职记者见面会，如果这件事出了岔子，一切就完了。"

域长本人缺席就职记者见面会确实是一件了不得的大事，通过选举精心笼络的种种良好人脉恐怕会面临崩塌。正崎十分理解守永的焦躁。

然而正崎却说："这种事我管不着，本来也不是我的工作。我有自己的案子要查，您知道吧？就是文绪的事。"

"知道是知道……"

"我也有事要和您说。您看看这个。"

正崎强行打断守永，把带来的调查资料摊在桌子上。那是他从九字院那里拿到的监控截图，以及之前在高级日式餐厅门口拍到的照片。两份资料上分别出现了 A 和 B。

"这两个为选举工作私下活动的女人，可能单独接触过因幡和文绪，她们或许知道关于这两桩自杀案件的一些事情。我想尽快找他们了解下情况，您能帮我和野丸那边打个招呼吗？"

守永拿起印着 A 身形的打印文件。

"这是拜访过因幡的那个女人吗？"

"是的。"

"那这个是拿来贿赂建筑业协会会长的女人？真是……"

"嗯，是的。我在调查报告里也写过，这是安纳带出来的两个女人。她们可能和自杀案件有关，请您务必安排她们过来一趟。"

然而守永却意味不明地挑起嘴角。

"真巧。"

"啊？"

"那个女人也和斋开化一起消失了，她原本就是斋开化身边的人。

搜查斋开化这件事，和你的调查撞到一起了。"

"消失了……消失的是哪一个？还是两个人都不见了？"

"嗯……你会这么想，可以理解。"

守永把两张照片转了一百八十度，朝向正崎的方向排开。

"她们是同一个人。"

"……什么？"

"我说，这两个女人是同一个人。"

"您在说什么……"

正崎皱起眉，再次对比起两张照片来。第一张照片里的女人一头棕发，身形纤瘦挺直，像一棵小树。另一张照片里的女人完全就是另一个人，她留着短发，看起来年纪很小，就像一头幼兽。

怎么看都不像是同一个人。

"这么看应该也看不出来。"守永的目光落到照片上，"我和她只见过两三次，当时她的样子和这两张照片又完全不一样。之前，我第三次见她的时候都没有发现，还是后来才知道的。说是乔装……也不合适，总之就是变了个样子，看起来像是另外一个女人了。"

正崎感到难以置信。女人是可以通过化妆让自己的脸变成另一副模样，可照片里的两个人从上到下都是完全不一样的。他不知道该怎么说，总之，两人给人的感觉截然不同。一个人可以改变得如此彻底吗？

"你自己大概就是证人吧。"

"证人？"

"你已经审讯过她一次了，感觉如何？"

"已经……审过了？"

正崎住了口。

他的脑海里涌出一个想法，守永似乎看透了他的想法，点了点头。

"就是那个女人。"

"怎么可能？"

正崎的大脑一片混乱，他想消化这个事实，大脑却拒绝接受。"这不是真的！"他的心在呼喊。

那个女人。

接受了正崎的审讯，后来逃走的女人——C。

平松绘见子。

"从一开始就只有她一个人。"

守永的话缓慢传进了正崎混乱不断的大脑中。

"她原本是斋开化带过来的女人。大概是在两年前吧……斋开化突然把女人带过来，说可以利用这个女人。一开始我还觉得莫名其妙……不，应该说我到现在也没搞明白。不过可以确定的是，如果没有这个女人，新域构想不会进展得这么顺利。"

守永看着照片低声说：

"这个女人的作用是诱惑男人，她没再做别的，我也只能给你这个解释。只要让这个女人和其他男人共处一室，那么无论多大年纪、多有阅历的男人，最后都会成为这个女人的俘虏。总之，她做的就是这些……不过啊，为什么所有男人都为这个女人疯狂，这种事解释不清，所以更显得非比寻常。如果这件事是真的，那你应该也清楚她有多大能力了吧？"

正崎细细体会着守永的话，心里还是没有相信。如果守永说的是实情，那确实会非常恐怖。

正崎从前对文绪说过，日本社会是以男性为中心运转的，政界、商界、官僚界莫不如是。

如果"男人"都对这个女人百依百顺……

守永缓缓拿起桌上的笔，在打印资料的角落里写下了正崎初次见到的，女人的"真名"。

"她叫曲世爱。"

7

走出部长办公室，正崎立刻联系了半田和九字院。收集资料费了些工夫，第二天中午过后，三人才碰了头。

碰头地点选定在检察厅正对面，日比谷公园一家带露台的开放餐厅里。事到如今，他们也用不着偷偷见面了。

正崎坐在露台区中间的座位上，吃光了一份价格合适的午间套餐。套餐的味道和价格同一档次。

"半田，"正崎用叉子指指另一个餐盘，"你要不吃土豆饼就给我。"

"你怎么这么从容不迫……"半田微感意外地吐槽了一句，递出餐盘。

"中午悠闲地吃午餐有什么不对吗？"

"我的意思是，现在是该这么从容的时候吗？"半田探过身来，"斋开化下落不明，明天就要开就职记者见面会了，你的任务可是找到斋开化啊，怎么还有闲心吃饭呢？你现在应该和警察一起到处去找人啊。"

"我这不是来找了吗？"

正崎扬起下巴，对着九字院的方向点了点。九字院正在吃淋满糖浆的松饼，边吃边和半田打了个招呼。半田点了点头。

"不去找斋开化吗？"

"从他失踪的情况来看，他事先应该已经做好了万全的准备。"正崎边擦嘴边说，"如果他打定主意要藏起来，我们也找不到他。如果不能出动警察大范围搜寻，我们没有任何办法。"

"那你是准备放弃吗？"

"现在找人是白费力气，还不如把力气用在其他地方。"

服务生过来撤盘子了。桌面清空后，正崎摊开了之前从半田那里拿到的资料，是半田通过报社关系搜集来的，斋开化的履历调查。

"半田，"正崎开口问，"你觉得斋开化这个人怎么样？"

"只看履历的话，是个非常优秀的人，优秀过头了。"半田伸手拿过自己带来的资料，"从当地最好的高中毕业后，进入早稻田大学政治经济系，后来又去了曼彻斯特大学留学，攻读社会学硕士学位，毕业后做了市议会议员，积累经验，这次又以三十岁的年纪当选了域长。他一直在走政治道路，没在任何其他事情上浪费时间，履历干净得简直可疑。"

"就是这样。"正崎点点头，"我见过他一次，他应该是那种很精于算计的人，不会做对自己无益的事情。"

"你的意思是？"

"他选择当域长，应该也有必须为之的理由。"正崎说起自己的推理，"我们还不知道斋开化的目的是什么，但我想，当上域长一定是实现那个目的的必要条件，所以他应该不会放弃域长的位置。我相信，在明天的就职记者会到来之前，斋开化一定会有所行动。"

"你是说，就算我们不找他，他也会主动出击……"

"是啊，毕竟好不容易才赚来民心。"九字院漫不经心地附和道，"这场选举不就是为了拉拢人心嘛，失去民望对斋开化本人来说也不是好事。"

"所以，我们现在该做的不是找人。"正崎把手放在斋开化的调查资料上，"而是先想好对策，应对斋开化的下一步动作。如果可能的话，再预测出斋开化的真正目的。"

"所以你才让我搜集资料啊。"

正崎点点头，再次看起了资料。

看着看着，正崎突然想起自己过去教过文绪怎么查看物证。当时他提到了两个方面，一是怎么看数字，二是怎么看文字，然而他却没来得及教他第三个最重要的方面。

怎么看人。

归根结底，检察官要面对的不是数字，不是文字，甚至都不是犯罪，而是留下了这些记录的人。反言之，检察官要是看不懂人，就无法看透因人而起的事件本质。

这个叫斋开化的男人是什么样的人，他喜好什么，厌恶什么，所思为何，所求为何？预测斋开化目的的唯一方式就是了解斋开化的为人。

对方和自己一样，都是人。

这是探查所有事件的切入口，也是所有事件的答案。一切调查都逃不开这项认知。为什么一开始没有告诉文绪这一点呢？正崎感到些许后悔，他一刻不停地浏览着斋开化的个人信息，借此冲散心里的悔意。

"我也带了一些资料过来。"九字院打开公文包，把一个薄薄的文件袋放在桌上，"不过没发现什么重要的东西。"

正崎从文件袋里取出薄薄的纸张，只见打印资料的最上面一行光明正大地写着个名字。

"曲世爱。"

"你找到什么了？"正崎边看边问。

"家乡、母校，大概就是这一类信息。时间紧张确实是原因之一，可这些信息也实在是太普通了，找不到有用的东西，几乎看不出什么异常。"

印在纸上的确实没有其他更多信息了，上面记录了老家地址，小学和初高中也只放了个学校的名字。资料上一张照片也没有。

"那须……"正崎念出了曲世爱的家乡所在地，"平松绘见子接受讯问时没有说谎啊。"

"不过，她说自己在养老院上班是谎言。那家养老院确实存在，可她并不是那里的员工。"

正崎咂咂嘴，女人满口谎言倒更好，那样一来他们还能把女人的话当作一种有效信息。而虚实交错是最麻烦的，他们必须花费大量精力去分辨哪一句是真，哪一句是假。平松，也就是曲世爱，是正崎最不想打交道的一类人。从看人的方面来讲，曲世爱比斋开化更难看透。

可正崎必须再一次抓住这个女人。就算是为了弄清因幡和文绪死亡的真相，他也一定不能放过这个女人。

"对了，"九字院说，"关于那件事，我一直想问问你呢。"

"哪件事？"

"就是曲世和自杀的两个人之间的往来。"

九字院扭扭脖子，接着说：

"从之前的监控录像来看，A，也就是曲世，似乎和因幡有过接触，是吧？"

"嗯。"

"那之后因幡就自杀了。然后 B，还是曲世，可能在公寓的房子里接触过文绪，之后文绪也自杀了。"

正崎点点头。

"那么，我想确认一件事。"

"嗯。"

"你不是审讯过平松，也就是曲世爱嘛。"

"是的。"

"那你有自杀的念头吗？"

正崎瞪大眼睛。

"怎么可能，你看我像想要自杀的人吗？"

"嗯，也是。"

"我想都没想过。"

"那个，以防万一，我先确认一下。和曲世见过面的都自杀了，这中间不可能存在性招待吧。"

"这个女人虽然性情恶劣……"

正崎想起了那天的审讯。女人的言行、态度，一切的一切都让人冒火。事到如今，他依然无法解释自己为什么会在小了十多岁的女人面前表现得那么焦躁。总之，他和女人就是完全相反的类型，势如水火。会不会因为这个原因，自己在内心抵触的同时，也感受到了逼得人想要自杀的冲动呢……

"吱——"的一声，正崎一下撞开椅子。

行动先大脑一步做出了反应，他不由自主地站了起来。

"阿善？"

半田惊讶地抬头看他。正崎想，我刚刚在想什么呢？

自杀的两个人。

和曲世爱接触过后，举止变得怪异的一个人。

"……奥田。"

名字刚出口，正崎立刻拿出手机联系特搜部。一个事务官接起了电话，正崎请对方以最快的速度转告奥田，自己有事找他。

挂断电话后，正崎对半田和九字院解释说：

"陪同审讯过曲世的一名事务官已经好几天没来上班了……"

两人反应很快，一起站了起来。半田赶紧买了单。

"去他家看看吧。"

正崎点点头。三人快步走出餐厅，坐上了半田的车。

8

正崎从事务官那里打听到奥田的住址，半田开着车向奥田的住址一路狂飙。足立区绫濑，开得快的话要不了三十分钟。

正崎坐在副驾上，一遍又一遍地拨打奥田的电话，可始终没有人接。为防万一，尽管内心不太情愿，正崎还是提前联系了房屋管理公司。

"他当时的样子确实很奇怪。"挂断电话后，正崎深深地咬着后槽牙说，"可我当时只以为他是因为遵从守永的命令，放跑了女人，所以才会那么慌乱。"

"你的意思是，实际上不是那样？"

"我不知道。那天发生了什么，只有奥田自己清楚。"

那天，奥田为了监视曲世，曾和她在同一个房间待了一会儿，之后曲世成功逃脱，奥田的举止变得可疑。正崎发挥着自己的想象，在那段短暂的时间里，有什么东西能极大地影响奥田呢……会不会是药物之类的？可当时房间里并没发现打斗的痕迹，曲世的小细胳膊也不太可能能够强行把药塞到奥田嘴里。那是骗他吃下的吗？可奥田怎么可能吃涉案人员给他的东西呢……

如果这些都没可能，那么曲世做了什么？

奥田究竟受到了什么样的对待？

汽车驶进绫濑站南侧的住宅区，房屋管理公司的工作人员早已等在奥田居住的公寓前。停好了车，三人和工作人员一起走了进去。坐电梯到四楼后，正崎走到奥田居住的 405 室门前，狂按门铃。

"奥田！你在家吗？"

正崎大力地拍门呼喊，然而门内悄无声息。

正崎从口袋里拿出白色的手套戴上，九字院看到后，也戴上了同样的手套。

"钥匙给我。"

正崎从工作人员手里接过钥匙，不加犹豫，立刻把门打开了。

房里没有开灯，一片黑暗。正崎踢掉鞋子走进去，九字院他们跟在正崎身后走了进去。一行人穿过厨房和过道，来到了里面的单人卧室前，卧室的门大开着。

房间里没人。

屋里没开灯，不过有光线透过窗户照进来，把屋里照得亮堂堂的。整洁的床，摆放着功放机遥控器的桌子，这就是间主人不在的普通房间，没有什么异常的地方。

正崎打开窗户，望向阳台，和房间里的情形一样，未见异常。

"也没有遗书之类的东西。"

九字院边搜寻室内边说。听到轰动的"遗书"字眼，工作人员露出惊讶的表情。

正崎回到房间里，心里不断思索着。

最坏的情况就是奥田死于家中，这件事没有发生，但现在的情况依然不容乐观。正崎企图冷静下来分析现状，他再一次认识到目前的情形究竟有多么危急，整个人脊背打战。

如果奥田真的存了死志，那他在任何时候、任何地方都可以实现死亡。

他可以卧轨，可以割腕，也可以上吊。死是很简单的事情，太简单了。

想死的人有很多易操作的选择，反而是想阻止他人死亡的人才会无从着手。当事人自己的想法决定一切，它是生死之间的最后一条界线。举止可疑的奥田消失了踪影，在这场死亡与阻止死亡的拉锯战里，正崎面临着极其不利的形势。

就在这时，来电铃声在室内响起，是半田的手机。

"不好意思，我接个电话，公司打过来的。"

是报社的电话。半田接起电话。

"嗯，好，啊……电视？"

半田看向正崎，同时用手指了指房间里那台四十英寸的电视。正崎用戴着手套的那只手拿起遥控器，打开电视，调到了半田要看的频道上。电视启动一小会儿后，大大的屏幕上亮起画面。

画面里是一栋大楼的仰拍。

画面出现的瞬间，嘈杂的环境音就传了出来。屏幕上显示的时间是16：01，看起来似乎是刚开始播报没多久的晚间新闻，电视里放的明显是一段紧急实况转播。

画面中，微带橘色的阳光洒在庞大的高楼上，正崎非常熟悉那栋楼。

那是位于桥本站旁边的新域政府办公楼。

"人数大概是多少呢？"

听到主播提问，现场记者叫喊着回答道：

"六十名左右！"

画面朝大楼拉近，连接起七座塔楼楼顶的空中园林渐渐变大，如记者所说，其中一座塔楼的最上边排了大约六十来个人。人影离得太远，看不清楚，不过从身高和给人的感觉来看，里面有男有女，有老有少，是随意挑选出来的一群人。

所有人站成一横排，整整齐齐。

他们超出了安全窗范围，站在空中园林的边缘。

"现在无法通过电梯和楼梯进入新域政府大楼的空中园林，警察也进不去。这六十多个人从下午两点半左右就被困在了园林里，他们刚刚打开窗门，在园林的外缘上排成了一列。现场有点风，情况非常危险！"

记者还在滔滔不绝地播报着现场实况，画面切换到了另一个仰拍视角。这个机位的摄像机似乎性能更好，画面拉近后，楼上的人群看起来更加清晰了。他们当中有老人，有穿着制服的高中学生，还有带着孩子的母亲，都是一群没有什么共同点的人。其中还有一个人……

那是奥田。

9

半田踩下油门，汽车在首都高速公路环线上飞奔。嵌在仪表盘里的车载电视还在继续播放着现场情况。

"距离桥本六十五公里，车程一个半小时。"半田读取着导航信息，"开快点要一小时十五分钟。"

"还能再快点。"后座的九字院说道，"现在事态紧急，情有可原。"

"有刑警和特搜部检察官在，没什么可怕的。"

半田继续加大油门，车速指针朝着时速一百二十公里的刻度滑了过去。

"阿善。"

"嗯。"

"去了现场你打算怎么办？"

"不知道。"正崎实话实说，"但我们必须得去，那里潜藏着一切问题的关键。"

画面切换成了航拍视角。直升机远离屋顶，在一个相当高的地方拍摄着新域政府办公大楼。因为有风，它无法随意接近大楼，一阵风吹来就可能引发重大事故。

"他们是准备集体自杀吗？"

九字院说道，然而正崎只是看着转播画面，眉头紧皱。

"可即便如此……"

电视里放出了不同机位拍到的实况转播中离人群最近的一个视角画面，拍下这个画面的摄像机机位很高，似乎是从临近的高层公寓或其他什么地方拍到的远景，从中可以稍微看出人群的细微动作。

人们排成一列，时不时和旁边的人说几句话，母亲上下颠着孩子逗弄，甚至还有些人在互相调笑。

怎么看都不像是一群准备从离地数百米的高处往下跳的人。

"他们要是真跳下来了，还有得救吗？"

"没有。"正崎阴着脸答道，"八层楼的高度就能致死，新域政府的办公楼有八十层，高四百二十米。"

"那就不可能生还了，急救队铺气垫完全没有任何意义。"

"而且气垫也只能覆盖办公楼外围。新域政府建的七座塔楼中央是通风井，要是他们顺着内侧跳下去，我们更是一点办法也没有……"

说这话的同时，一股难以名状的，异样的感觉涌进正崎脑海。他的大脑里留下一种说不清道不明的感觉，然而这种感觉不是现在才出现的，自从和文绪一起追查案件以来，正崎就在各个场合下感受到了无数缠绕而来的别扭感。

有点不对劲，一些地方从一开始就偏离了正确的方向。

画面切回演播厅，主播报道了目前为止的整体情况。

汽车挣开环线上的车流，开进了中央高速道路。路面车流变少后，半田再次加大油门，车速指针已经超过了标示着一百三十公里的那道刻度。照这个速度开下去，抵达现场应该不会花费太长时间。

就在这时，正崎的手机震动起来，屏幕上显示出三户荷的名字，正崎接起电话。

"你给我的平板电脑里面的文件解开了。"

DF 室通知正崎文件已解锁完成。三户荷说得没错，这次的破解速度确实比上次快了几倍。

然而不知为什么，电话那头三户荷的声音听起来十分沉重。

"怎么了？"

"没什么……就是感觉这次的文件事关重大。"

"事关重大？"

片刻的沉默后，三户荷开口了：

"里面是一种新药的开发数据组，药物暂且被命名为'倪克斯'，它的相关资料从说明书到实验数据一应俱全，连我这个外行都很快看懂这是种什么药了。不，它应该不是药吧……"

"什么意思？"

"这么说吧，它绝对是一种安眠药，里面的主要成分和市面上的大多数安眠药几乎没有区别，但是配比却不一样……药性很强，确切来说是人为把它做成了强效药，这是因幡医生自己在文件里留下的信息。服用了这种药物之后，人就会昏昏欲睡。这个药见效很快，会使人自然陷入沉睡，并且很可能……不会再醒过来。"

"……啊？"正崎惊愕地反问道，"这是什么意思？"

"就是说吧……人吃了这个药会死，看起来就像睡着了一样，实际上睡着睡着就悄无声息地死去了。这种药物可以使人毫无知觉地轻松死去，很吸引那些抱着求死之心的人。"

正崎的大脑努力追逐着三户荷说出的话，渐渐反应过来。

吃了就会死人。

一旦服用，就会终止人的生命。

"总之，等你回来了再看吧！"三户荷说完，挂断了电话。正崎愣愣地放下手机。

"阿善，怎么了？"

"……因幡真正在做的东西已经水落石出了。"

"是什么？"

车内响起"啪"的一声，好像有什么东西碎掉了。

正崎握碎了手机。

"自杀药。"

"现在，现场又出现了新情况。"

电视里的播报声紧张起来，主播还在继续讲述着，画面切回到现场。正崎和九字院盯着电视。

日头西沉，渐渐隐入逆光的新域政府办公大楼现出了整体。

逐渐暗下来的大楼剪影里，正面的大型 LED 屏亮了起来，背光源照耀下的屏幕在一片暗影中熠熠发光。

"办公楼前的大型显示屏刚刚亮起来了。"现场记者激昂地报道着现场实况，"屏幕上只显示着新域标志……"

就在记者说出这句话的同时，LED 屏上的画面发生了变化。

一个男人出现在画面里。

画面背景空空荡荡，淡灰色的墙面前摆了张纯白色的桌子，男人坐在桌子上，除此之外空无一物。画面落在正崎眼里，就像是选举时论述政见的电视节目一样。坐在桌上的男人是已经在选举中脱颖而出的市民代表。

新域域长，斋开化。

"大家好。"

回响在现场的响亮声音通过转播画面传递出来。

"我是在本次选举中当选为新域首任域长的斋开化。作为域长，很高兴能在这里向新域内的所有居民致以问候。"

斋开化像是在透过镜头向观看影像的民众打招呼。影像不知是录播还是直播。记者和主播全都一言不发，屏息关注着现场实况。

"新域是一个崭新的世界。"

斋开化强硬的言辞响彻现场。

"很多人都认为，新域构想就是隔开东京，不受日本的国家势力管控，打破此类阻碍我们进步的障碍，这其实是非常错误的想法，也是一种天真的错觉。为什么这么说呢，因为新域远远超出了各位的想象。它不是停留在东京的地区经济，和日本的国家运转这种狭隘的层面上。新域的诞生是为了给全体人类带来更大的进步与恩泽，它存在的目的是为人类打开一扇崭新的大门。"

斋开化朝聚集在新域政府办公大楼下的附近居民，同时也朝电视机前的数百万观众诉说道。

他的语气像是一国之首，又像是宗教教派的指引者。

"远古时期，人们得到了火。所有的生物都畏惧火，因为火很危险，有可能烧到自己身上。然而，人类学会了如何控制火，克服了火的危险性。各位应该都知道，人类从中收获了巨大的好处。火促进了人类的夜间活动，使食物的加热烹饪技术得以发展，并保护人类免受外敌侵袭。掌握了火之后，人类的社会与文化得到了飞速发展。如果人类因为危险而畏惧火，一直过着远离火的生活，那我们现在应该就只是类人猿中的其中一种，不会拥有我们自己的文化。"

汽车下了高速，在车流间穿梭飞奔，疾驶上八王子辅路后，道路尽头出现了七座高大的塔楼。

"现在，我们面前出现了'第二把火'。"

斋开化的演讲还在继续。正崎听着电视里传出的声音，感觉头脑中散乱的思绪渐渐汇集起来。完整的想法还未成形，然而答案已经越来越近。

"它比最初的那把火更加危险，更加难以掌控，令人畏惧。那是任何人都会害怕、忌惮的地狱业火[1]。但是，我们有能力掌控它。得到最初的那把火已有数十万年……人类实现了飞跃性的进步。现在，我们有能力掌控第二把火；现在，我们不必畏惧。今天，我们要鼓起勇气，抓住这第二把火。"

1　地狱业火，原来为中国佛教的用语，为地狱中最强烈的火，惩罚在阳间冤枉无辜者的罪过。在日本佛教里，变成了女火神为了惩罚罪人的神火。

导航显示距离目的地两公里，七座塔楼清晰地显露在眼前。汽车还有五分钟抵达现场，斋开化蛊惑人心的话语在车内响起。

"那就是死亡。"

正崎瞪大眼睛，紧紧盯着车载电视。

"人类向来畏惧死亡，总是尽可能远离死亡。我们一直接受并践行着这样的信条：不能死，能活就必须活下去，被这个世界赋予了生命的人，必须尽一切努力活下去。我们的法律、宗教、道德一直在告诉我们要回避死亡，这也是有理可循的。直到现在，死亡依然是最令人畏惧的事情，这是不争的事实，以致所有人都在盲目地避忌死亡。"

车开到办公楼前，被红灯止住了去势。半田的车上没装紧急鸣笛，不能闯红灯。斋开化的演讲还在继续：

"所以我们已经开始理解在暗处挣扎求生的刻意行径，开始理解所有人都应该活过百年的疯狂想法，这是不对的，是错误的，它将带着人类奔向灭亡的结局。为了避免这个结局，我们应该进入一个崭新的时代。那是一个认可死亡价值的时代，是一个在做出了正确判断的基础上，容许人们选择死亡的时代。"

LED 大屏里的影像变了。

接下来播放的是架设在空中园林里的摄像机拍下的画面，镜头近距离捕捉到了排在窗外的那群人，一张张远景拍摄显示不出的面容清晰地出现在大屏幕上。

这群人有老有少，有男有女，奥田也在其中。

所有人脸上都洋溢着喜悦之情。

看到这一幕的瞬间，正崎突然开悟。

像是把摔碎后杯子的碎片拼合回去一般，正崎脑海里的零碎思绪自然拼凑到一起，组成了一个整体。

"在此我宣布，新域开始推行第一条域法。"

汽车开到新域政府办公楼下，硬生生停在了人群与急救车混杂的路面上。正崎一行人跳下车，和其他围观者一样抬头往上看。

"不要！"

正崎的低语被斋开化的声音冲散了。

"新域，认可人死亡的权利。"

几个黑点零零散散地掉落下来。

轻飘飘地播撒在夜空中的黑点就那么落了下去，消失在七座塔楼中间那片似乎是特意为他们开辟出来的空间里。

又有黑点掉落下来。生命在正崎眼前消失，就像沙漏一样。看着眼前恍若幻觉的光景，正崎的大脑还在继续游离，追寻着答案。

先是因幡的自杀。

因幡利用麻醉机，花费三十个小时缓慢自杀的谜底浮现在正崎的脑海里。他原本以为，要是担心自杀计划中途失败，因幡就不该花费太长时间，这样未免太奇怪了。没有人会真的想去死，一旦因幡改变了主意，他的自杀就会宣告失败。

可如果因幡是真心求死呢？

也许他一心求死，也许他从心底里期待着加诸自己身上的死亡，也许他就像是为派对做准备一样，悠然品味了一段临死前的幸福时光。

然后是文绪的自杀。

正崎固有的认知开始出现翻天覆地的变化。他之前一直认为期待着当上特任检察官的文绪没有理由选择自杀，遗书不可能是文绪本人写的，他应该是被逼写下了遗书，然后遭人杀害。

可如果自己想错了呢？

也许是那一天，文绪的价值观在短短几小时内被人颠覆了，也许他抛开了当上特任检察官的目标，发现了死亡的魅力，于是自己写下遗书，上吊自杀。

数十秒前一个个跳楼自杀的人的面容映入正崎眼中，使他产生了这种荒唐的念头。

自杀者的脸上洋溢着幸福的神情。

那群人都疯了，面临死亡竟然会感觉到幸福，实在是无法理解。是人都会厌恶、逃避死亡，没有人会主动求死。

可是……

如果他们不是想逃避不幸，逃避消极，如果他们没有为疾病所累，没有经济、家庭、工作、男女关系方面的问题呢？

如果他们真的就是想死呢？

那逻辑就说得通了。

"阿善！"

半田把车载电视抛出窗外，正崎接住了。电视里正在播放报道专用直升机拍下的画面，新域政府办公楼前的 LED 大屏上还在播放园林里的情形。屋顶边缘剩下的最后三个人轻晃着倒了下去。正崎没有唤回那三个西装背影的能力。

奥田掉下去了。

这是正崎亲眼所见的一幕，不是在 LED 大屏里，也不是在小型电视的转播画面里。

正崎看到了奥田刚刚的神情，所以他知道，死亡是奥田自己的愿望。奥田、因幡、文绪都主动选择了死亡，这是唯一合理的解释。

然而，有人在教唆他们。

这时，正崎手中的电视突然切换了画面，从现场转到演播厅，接着又立刻切回了现场，看来电视台似乎和现场一样陷入了混乱。画面切换的短暂间隙里，现场人群的镜头闪现了一秒左右，正崎像被火点着了一样奔跑起来。

拍到了，刚刚的那一秒确实拍到了，始作俑者就混在人群当中。

人像拍得很清晰，不可能看错，绝没有看错。围观的人群都在朝上看，脸上是同样的无措和畏惧，其中只有一个人，真的是只有一个人，脸上的表情和其他人大相径庭，一般人脸上不可能出现那样的表情。

那个女人在观察人的死亡。

最后一个缺口突然补齐了。

是文绪最初发现的那张纸，因幡在上面疯狂写满了"F"。"F"的意思极其简单，因为太过简单，正崎反倒没有留心。

因幡是一名医生。

病历里会用到两个字母，M 和 F。

Male

Female

正崎拨开人群奔跑着，却再没看到女人的身影，自己也迷失了方向。然而，如果找不到刚刚那个女人，肯定还会再度出现新的死者。

正崎善一直在思考何为正义。

他还没有找到答案。

可是今天，他清楚地知道了一件事。

一片混乱中，正崎开口喊道：

"曲世——！！！"

那个女人。

是恶魔。

（未完待续）

本故事纯属虚构，与现实中的人物、团体一概无关。

图书在版编目（ＣＩＰ）数据

巴比伦 . Ⅰ , 女人 / （日）野崎惑著；王星星译
. -- 北京：台海出版社 , 2021.4
ISBN 978-7-5168-2594-5

Ⅰ . ①巴… Ⅱ . ①野… ②王… Ⅲ . ①推理小说 - 日
本 - 现代 Ⅳ . ① I313.45

中国版本图书馆 CIP 数据核字 (2021) 第 041164 号

版权合同登记号　图字：01-2020-7735

巴比伦 Ⅰ 女人

著　　者：[日] 野崎惑　　　　　　译　　者：王星星

出 版 人：蔡　旭　　　　　　　　封面设计：MF 觅梦
责任编辑：王　萍

出版发行：台海出版社
地　　址：北京市东城区景山东街 20 号　　邮政编码：100009
电　　话：010-64041652（发行、邮购）
传　　真：010-84045799（总编室）
网　　址：www.taimeng.org.cn/thcbs/default.htm
E - mail：thcbs@126.com

经　　销：全国各地新华书店
印　　刷：北京盛通印刷股份有限公司
本书如有破损、缺页、装订错误，请与本社联系调换

开　　本：880 毫米 ×1230 毫米　　　　1/32
字　　数：185 千字　　　　　　　　　印　张：8.5
版　　次：2021 年 4 月第 1 版　　　　　印　次：2021 年 4 月第 1 次印刷
书　　号：ISBN 978-7-5168-2594 5

定　　价：42.00 元